国家出版基金项目
NATIONAL PUBLICATION FOUNDATION

★ 科学的天街丛书

# 秋雷催百籽

丛书主编/陈 梅 陈仁政

本书编著/陈仁政

## ——科学偶然故事

四川科学技术出版社

**图书在版编目（CIP）数据**

秋雷催百籽：科学偶然故事 / 陈仁政编著. －－ 成都：
四川科学技术出版社, 2019.1（2024.12重印）

（科学的天街 /陈梅　陈仁政主编）

ISBN 978-7-5364-9183-0

Ⅰ.①秋… Ⅱ.①陈… Ⅲ.①科学故事 – 作品集 – 中
国 – 当代 Ⅳ.①I247.81

中国版本图书馆CIP数据核字（2019）第018923号

# 秋雷催百籽——科学偶然故事
QIULEI CUI BAIZI——KEXUE OURAN GUSHI

| | |
|---|---|
| 丛书主编 | 陈　梅　陈仁政 |
| 本书编著 | 陈仁政 |
| 出 品 人 | 程佳月 |
| 选题策划 | 肖　伊　陈敦和　郑　尧 |
| 责任编辑 | 文景茹 |
| 营销策划 | 程东宇　李　卫 |
| 封面设计 | 小月艺工坊 |
| 责任出版 | 欧晓春 |
| 出版发行 | 四川科学技术出版社 |
| 成品尺寸 | 160mm × 240mm |
| 印　　张 | 14.75　字数 200 千 |
| 印　　刷 | 天津旭丰源印刷有限公司 |
| 版　　次 | 2019年1月第1版 |
| 印　　次 | 2024年12月第4次印刷 |
| 定　　价 | 49.80元 |

ISBN 978-7-5364-9183-0

邮购：成都市锦江区三色路238号新华之星A座25层　邮政编码：610023
电话：028-86361770

# 目　录

# 讲课提问的启示

## ——伽利略发明温度计

1592 年的一天，意大利物理学家伽利略（1564—1642）正在威尼斯的帕多瓦大学讲课，边讲边做加热水的实验。

伽利略

"罐内的水温升高的时候，为什么水会上升？"伽利略问学生。

"因为水温升高的时候体积增大，水就上升；水温下降的时候体积减小，水就下降。"学生回答说。

听到学生的回答，伽利略偶然联想到在此之前遇到的一个问题。

原来，曾有一些医生找过伽利略，恳求他说："先生，人生病的时候体温一般会升高，能不能想个办法，准确测出体温，帮助诊断病情呢？"

联想到这一问题，伽利略就在学生回答的启发下，利用热胀冷缩原理，经多次研制，终于在 1593 年发明了泡状玻璃管温度计。这个温度计的顶端是一个玻璃泡，和它相连的玻璃管中装着有色液体，倒置在装有水的杯子中来测量温度。它的工作原理是，当被测温度的物质（这里是空气）与玻璃泡接触的时候，玻璃管内上方的空气就会因为热胀冷缩而发生体积变化，使有色液柱对应下降或上升；玻璃管上标明一些可作标准的"热度"——现在所说的温度。这就是世界上第一支标有刻度的温度计——气体温度计。显然，气体温度计是不完善的——大气压强的变化也会使液柱升降。

当然，用气体的热胀冷缩性质来测量温度的想法，在伽利略之前早就有了。例如，古希腊科学家菲隆（约公元前 200 年在世）和亚历山大·希隆（约公元前 1 世纪在世）就制造过基于空气膨胀原理的测温器。

玻璃泡

玻璃管

有色液柱

装有水
的杯子

伽利略的气体温度计

伽利略发明气体温度计之后，科学家们围绕温度计的工作物质、温度标准（即温标，例如定点、刻度及刻度间隔等）进行了不断地研究，使它更加准确、方便和实用，也进一步充实了计温学的研究内容。

1611 年，伽利略的同事和朋友桑克托留斯对伽利略的温度计进行了改进，设计了一种蛇状玻璃管气体温度计——玻璃管上刻着 110 个刻度，可用于测体温。

1630 年，法国医生、化学家兼物理学家詹·雷伊（1582—1630）把伽利略的玻璃管倒过来，并直接利用水而不是空气的体积变化来测量物体的冷热程度。不过这种温度计的管口没有密封，会因水的蒸发而产生误差。这是第一支用水作工作物质的温度计。

斐迪南二世做
的液体温度计

1641 年，第一支以酒精为工作物质的温度计首次出现在意大利托斯卡纳大公斐迪南二世的宫廷里。1644—1650 年期间，斐迪南二世将其不断完善而成为具有现代形式的温度计：用蜡将注有被染成红色的酒精的温度计的玻璃管口封住，在玻璃管上标上刻度。因此，一些人将温度计的发明归功于这位大公。1654 年，这种温度计已在佛罗伦萨普及使用。

另外的一种说法是，在 1629 年，一个名叫约瑟夫·德米蒂哥的物理学家兼犹太教师，出版了一本叫《花园中的喷泉》的书，书中一幅插图展示出了一个盛有白兰地的玻璃泡温度计，这才是第一支温度计。

1646 年，意大利物理学家莱纳尔第尼明智地建议，以水的冰点和沸点作为刻度温度计的两个固定点。但无奈的是，当时流行的酒精温度计内酒精的沸点（78.5 ℃）却低于水的沸点（100 ℃）。如果以水的沸点为第二个定点，这对酒精温度计来说显然不切实际，所以这一建议当时没能实施。这里要说明的是，国际度量衡委员会在 1989 年发出通知，从 1990 年 1 月 1 日起，水的沸点定为 99.975 ℃。

1658 年，法国天文学家伊斯梅尔·博里奥制成了第一支用水银作工作物质的温度计。

1665 年，荷兰科学家惠更斯（1625—1695）也提议把水的凝固点和沸点作为两个固定点，以使温度计标准化。同年，英国科学家波义耳（1627—1691）根据他在 1662 年发现的波义耳定律指出了气体温度计不准的原因及其他缺点。其后，人们大多转向研制使用其他介质作为工作物质的温度计。

1672 年，休宾（Hubin）在巴黎发明了第一个不受大气压影响的空气温度计。

…………

到了 18 世纪初，形形色色的温标已多达 30 余种。例如，丹麦天文学家罗默（1644—1710）以水的沸点 60 "度" 和人体温度 22.5 "度"，作为温度计上两个固定点。又如，牛顿在 1701—1703 年的研究，把雪的熔点 0 "度" 和人体温度 12 "度" 作为温度计的两个

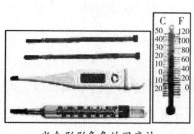

当今形形色色的温度计

固定点。

法国物理学家阿蒙东（1663—1705）最先指出，测温液体是呈有规则膨胀的，也最先指出气温"有绝对零度存在"。1703年，他也制成了一支实用的空气温度计。

在 1709—1714 年间，迁居荷兰的德国玻璃工华伦海特（1686—1736）把冰、水和氯化铵的混合物平衡温度定为

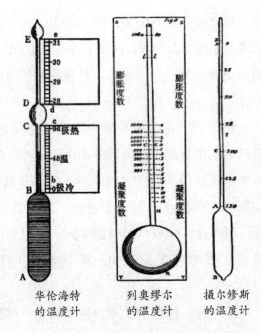

华伦海特
的温度计        列奥缪尔
的温度计        摄尔修斯
的温度计

0 ℉，人体温度定为 96 ℉（如以今天中国人平均标准体温 37 ℃算，应为 98.6 ℉），其间分为 96 格，每格为 1 ℉。1724年，他又把水的沸点定为 212 ℉；但遗憾的是，他没有把冰的熔点定为 0 ℉，而是定为 32 ℉。这就是著名的"华氏温标"。他还发明了在填充工作物质水银的时候的净化方法，制成了世界上第一支实用的水银温度计。

1730年，法国物理学家列奥缪尔（1683—1757）研制的一种酒精温度计，是把水的冰点定为 0 ℛ，水的沸点定为 80 ℛ，其间分为 80 格，每格为 1 ℛ。这就是著名的"列氏温标"。

1742年，瑞典物理学家、天文学家摄尔修斯制成的一种水银温度计，则是把水的沸点和冰的熔点分别定为 0 ℃ 和 100 ℃，其间分为 100 格，每格为 1 ℃。这就是著名的"摄氏温标"，即"百分温标"。1743年，克里森指出这种温标的定点不符合越热的物体温度越高的习惯。8 年以后的 1750 年，摄尔修斯接受了同事斯特默尔的建议，把上述两个定点的温度值颠倒——水的沸点为 100 ℃，冰的熔点为 0 ℃，摄氏温标才成了传到现在的样子。

上述三种温标，都是初级的原始温标。它们的缺点有二：一是温度值仅在两个定点是准确的，其余各点都不准确；二是定义范围有限——例如水银温度计的测量范围为 −38.87~+356.9 ℃。下面的第四种温标克服了这些缺点。

1848 年，英国物理学家威廉·汤姆森即开尔文（1824—1907）提出了"热力学温标"。他还在 1854 年指出，只需选用一个固定点的数值，这种温标就完全确定了，这个点就是"绝对零度"。然而，在实际建立热力学温度单位的时候，考虑到历史传统和当时的技术条件，他不得不沿用摄尔修斯的 0~100 ℃ 的间隔作为 100 个温度间隔，即每个间隔为 1 个开氏度（1 °K）。这就是"开尔文温标"，简称"开氏温标"。历史上类似而有差异的名称有"理想气体温标""热力学绝对温标"等。开氏温标的特点是，与物体的任何性质无关，热力学温度只与热量有关。开氏温标的优点是，不受工作物质的影响，解除了工作物质因凝固、汽化而受到的限制。

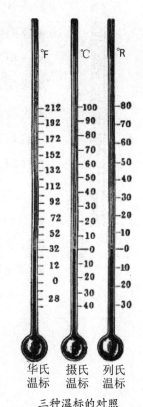

华氏温标　摄氏温标　列氏温标

三种温标的对照

1927 年，第七届国际计量大会考虑到准确和简便，决定采用开氏温标作最基本的温标。1934 年，中国留美学者黄子卿（1900—1982）等在麻省理工学院测定了水的三相点为 0.009 81 ℃ ±0.000 05 ℃，即约 0.01 ℃；1954 年，第十届国际计量大会决定，把这一温度作为热力学温标的单一定点，并在数值上规定为 273.16 °K。

热力学温标实际上包含的另一个定点，是不能用物质的已知物理性质来定义的，它是理论上推导出来的最低温度——绝对零度或零开氏度。1967 年，第十三届国际计量大会将热力学温度的单位开氏度（°K）改为开尔文（K）；开尔文温标和开氏温度等名称也被"新国际实用温标"（简称"国际实用温标"或"国际温标"）和"热力学温度"代替。1968 年，国际度量衡委员会也作了相同的规定。中国也于 1973 年 1 月 1 日起采用，1991 年 1 月 1 日起正式施行。

第五种温标为兰氏温标，由 19 世纪英国工程师兰金（1820—1872）发明。

随着摄氏温标、热力学温标的建立和制作温度计技术的成熟，以及实际测量的需要，人们先后改进、发明了各式各样的温度计，供各种物体不同温度的测量。

例如，德国发明家威廉·西门子（1822—1883）在 1860 年发明的遥测式电阻温度计。

又如，英国医生阿尔伯特在 19 世纪 60 年代发明的测量人体温度

受压型颠倒温度计（表）

且离开人体后读数不变的、可精确到 0.1 ℃的现代水银体温计。

再如，在 1874 年研制成功的"颠倒温度计"，用来测量江河湖海表层以下各层水温。经过 100 多年的不断改进，这种温度计的性能已经非常可靠，准确度也较高（可达 ±0.02 ℃），至今仍在海洋调查中广泛使用。

今天的温度计，已经有了用各种材料制成、测量对象不同的许多新品种，如半导体温度计、热电偶温度计、双金属温度计、液晶温度计、数字温度计、光测高温计……

# 改进电话的偶得
## ——"留声难题"这样破解

"别上来了！别上来了！挤不下了，"面对闻讯蜂拥而来的记者，《科学美国人》的主编俾契诙谐地说，"楼板快塌了！"

爱迪生的第一代留声机

这是 1877 年 12 月 7 日在《科学美国人》杂志社楼上俾契的办公室里发生的一幕。

那么，这里发生了什么轰动性新闻，让记者们趋之若鹜呢？

只见一个 30 岁的小伙子把带有尖针和薄膜的圆头状的东西，放在一个锡纸的圆筒上，然后转动和圆筒相连的手柄。此时，这个装置就说起话来："早晨好，亲爱的先生……"接着就是唱歌、吹口哨、咳嗽、打喷嚏等声音。

"啊！这么几件简单又司空见惯的东西就能记录声音，说出话来……"大家惊得目瞪口呆。

啊，这下知道了，这就是"会说话的机器"——留声机。当然，发明它的小伙子就是这天早晨搭乘头班火车来到纽约的托马斯·爱迪生（1847—1931）——俾契的老朋友。

爱迪生引发轰动的表演之后，美国最大的科普杂志《科学美国人》特地刊载了一篇报道新机器诞生的文章：《当代最伟大的发明——会讲话的机器！》。

那么，爱迪生是怎么发明出留声机的呢？

爱迪生从小就爱动手用脑。他在火车上当卖报童的时候，因为两次意外事故，耳朵聋了。1875年，贝尔发明了电话。但初期的电话送话器灵敏度不高——双方要

爱迪生的大喇叭留声机（第二代）

大喊大叫才能通话，非常吃力。爱迪生就决定改进送话器的灵敏度。

一天，爱迪生调试送话器，因为他听力不好，就用一根短针来检验传话膜片的振动情况。不料，当他手里的短针刚接触到膜片之后，就意外发现了一个奇怪的现象：随着说话声音的强弱变化，短针发生了有规律的颤动——声音高颤动快而且大，声音低颤动慢而且小。接连试了好几回，结果都是如此。爱迪生没有放过这偶然发现的现象，而是端详着那根短针。突然，他灵机一动："如果反过来，先使短针颤动，不就可以复原出声音了吗？"这个想法虽然短暂，但很奇特，因为此前还没有人想到过。这就是当初爱迪生想要发明留声机，正在"找不着北"的时候偶然从天上掉下来的"林妹妹"。当然，这就破解了"留声"的难题。

经过几天几夜的思索和实验，爱迪生终于在笔记本上写下他关于留声机的最初方案：1877年7月18日，我用一块带尖针的膜片，对准急速旋转的蜡纸，声音的振动就非常清楚地刻在蜡纸上了。试验证明，只要把人的声音贮存起来，什么时候需要就什么时候放出来，是完全可以做到的。

爱迪生的思路是：既然声音可以振动短针，那短针振动可否发声呢？由此可见，他与当年英国物理学家法拉第（1791—1867）的"磁生电"思路如出一辙——逆向思维。逆向思维是科学发明发现的重要

方法之一。

经过爱迪生和助手约翰·克鲁茨等几年的努力，终于在 1877 年
11 月 29 日至 12 月 6 日完成了第一台留声机，并在 1878 年取得了留
声机的专利。他的第一张唱片《玛丽有一只小羊》，也是在 1877 年
11 月底到 12 月初完成的。它的歌词是：玛丽有只小羊羔，雪球儿似
一身毛。不管玛丽往哪去，它总跟在后头跑。

在爱迪生研制留声机的时候，一位朋友前来拜访他，问他目前
在研究什么。爱迪生灵机一动说："这样，我晚上告诉你。"当天夜
里，客人就寝时刚进屋，就听到房间里有人在说："现在是 11 点，
请你再等一小时睡！"客人愣了许久，在屋里张望了半天，始终不明
白这是谁在说话。等到 12 点，又有一个声音在屋里响起："现在 12
点了，你可以到床上去'死'了！"客人惊骇不已——这难道真是天
神的声音吗？客人失魂落魄地开门就往外跑，爱迪生却站在走廊上，
大笑不止，最后才说："这就是我最近发明的玩意儿！"

至于改进送话器，爱迪生通过多次实验，也获得成功。他发明了
炭精（粒）送话器，进一步改善了贝尔电话机的送话器的灵敏度。

后来，爱迪生又改进了留声机——用大喇叭把声音传得更远。

仅仅 10 年以后的 1887 年，德国技师埃米尔·贝林纳（1851—
1929）就把爱迪生的圆筒式留声机，改进为滚筒式留声机。第二年，
他又发明了圆盘形留声机和唱片。

贝林纳的圆盘留声机　　手摇式留声机流行到 20 世纪中叶

后来，形形色色的录音和放音设备如雨后春笋，一直到现在我们家庭中的 VCD、DVD 和挂在脖子上的 MP3、MP4。

爱迪生和他的助手们有 2 000 多项发明，其中有 1 000 多项取得专利——最著名的是留声机、电灯和电力照明系统、镍铁蓄电池和活动电影，成了我们熟悉的发明大王。1922 年，在著名的《泰晤士报》开展的"美国当代十二大伟人"的读者评选活动中，爱迪生位列第一。他的各种趣闻轶事自然受到广泛的关注而广为流传，以至于产生出不尽一致的版本。

例如，他受到偶然启示而破解"留声"难题，就有另外一种说法——一次，他在一张蜡纸上用莫尔斯电码记录信息，以便日后用更快的速度发送。突然，他发现凹凸不平的蜡纸在一根针迅速擦过的时候发出嗡嗡的声音（一说支撑蜡纸的弹簧发出乐曲般的声音），就由此联系到他想研制的"会说话的机器"也可以这样来实现"说话"的功能。1877 年 7 月，他对着他的机器说"喂"的时候，就听到了一个同样的"喂"——只不过声音小一些。

# 明察秋毫的眼睛
## ——显微镜的发明

汉斯·玛顿斯，是荷兰韦塞尔米德尔堡的著名磨眼镜片工人。他有两个淘气的孩子——詹森和扎卡赖亚斯·詹森。兄弟俩和父亲一样，也爱摆弄各种各样的镜片。

扎卡赖亚斯·詹森

大约在1595（或1590）年的一天，父亲外出，兄弟俩又玩起了镜片。当他俩无意识地把两块镜片分别装在一根铜管的两头，并用它对着书看的时候，惊奇地发现很小的逗号竟有蝌蚪般大。他们再用它看对方的眼睫毛，竟有小木棍一般粗。

"爸爸，您看……"父亲回家之后，兄弟俩兴奋地把这个偶然发现告诉父亲。父亲经过验证，果然如此。

不久，詹森父子仨就制成了一台原始的复式光学显微镜。它由三个能相互滑动的铜镜筒连接而成，物镜是一个单凸透镜，目镜是一个双凸透镜，当两个活动镜筒完全收拢和完全伸出时的放大倍数分别是3倍和10倍，但后来这台显微镜遗失。不过，从他父子仨制作的其中一台的复制品，还是能得到这三个铜镜筒的几何尺寸：直径

詹森父子仨大约在1595年制成的复式显微镜的复制品

76 毫米。

经过进一步研制，詹森父子仨在 1604 年又制成了一台复式显微镜。它和前面那台显微镜不同——物镜是一个双凸透镜，目镜是一个双凹透镜，镜片各放在一根铜管的两端，放大倍数也仅几倍。荷兰大使博雷利乌斯（P. Borelius）曾描述说，它的镜筒长 18 英寸（1 英寸＝2.54 厘米），直径约 2 英寸。米德尔堡科学协会至今仍保留着詹森父子造的这台显微镜。不过，另外有人把显微镜的发明

17 世纪下半叶的
伽利略式显微镜

人说成是荷兰人——扎卡赖亚斯·约安尼代斯（Zacharias Joannides）和他的父亲。也有人说，约安尼代斯父子是受到伽利略在 1609—1610 年制成的复式显微镜的启发，才在 1610 年以后制成显微镜的，因此，戈维（G. Govi）认为伽利略才是显微镜的发明人。荷兰科学家惠更斯（1629—1695）则把性能优于詹森父子的这项发明归功于荷兰工程师、发明家、化学家柯尼利厄斯·雅格布·德勒贝尔（1572—1633）。

大致同时，意大利那不勒斯的弗朗西斯·冯塔纳（1580—1656）也发明了性能优于詹森父子的显微镜。冯塔纳也是第一个用凸透镜代替凹透目镜的人——德国天文学家开普勒（1571—1630）也建议这样做。此外，荷兰人梅蒂乌斯父（1543—1620）子（1571—1635）、德国天文学家西蒙·马里乌斯（1573—1625）也制成了显微镜。德国天文学家克里斯托夫·沙伊纳（1575—1650）在 1628 年用两块凸透镜制成的复式显微镜，成了近代显微镜的原型。

不过，早在公元前 5—前 4 世纪，中国古书《墨经》中就有用凹面镜可以得到放大

德勒贝尔

的正立像（或缩小的倒立像）的记录——这是人类最早的相关记载。

有了"明察秋毫的眼睛"——显微镜，就要"用"。

马里乌斯

沙伊纳

1644 年，意大利天文学家、神父奥迪埃纳（1597—1660）出版了《苍蝇的眼睛》（*L'occhio della mosca*）。在这本书中，他首先详细地描述了苍蝇眼睛的结构。奥迪埃纳全名乔凡尼·巴蒂斯塔·奥迪埃纳（Giovanni-Battista Odierna），也拼写为 Giovan Battista Hodierna，所以也译为乔凡·巴蒂斯塔·霍迪埃纳。他在天文学上的贡献之一是，首先在 1654 年以前发现了著名的、位于船底座的疏散星团 M47（又名 NGC 2422）。M47 距离地球约为 1 600 光年，估计年龄约为 7 800 万年，大约拥有 50 颗恒星，最亮的一颗为 5.7 等。

1646 年，博学多才的德国神父阿萨内修斯·科瑞撒（1602—1680），用显微镜观察到了瘟疫患者血液内的"小蠕虫"，以为瘟疫是微生物感染所致。于是，他建议用戴口罩、隔离感染者、焚烧患者的衣物等措施来防止瘟疫蔓延。不过，后来的研究表明，他看到的"小蠕虫"，并非他所说的"微生物"或"病原体的耶森氏鼠疫杆菌"，而是白细胞和红细胞。

奥迪埃纳

苍蝇的眼睛

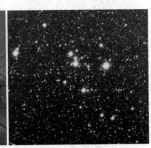

又名 NGC 2422 的疏散星团 M47

1653年，法国化学家、医生、植物学家皮埃尔·波莱尔（1620—1671），首先把显微镜用于医学领域，并总结了移除倒睫等的方法的简单说明。

意大利生物学家、解剖学家马塞洛·马尔比基（1628—1694）被认为是和科瑞撒进行生物显微检查的第一人。他俩的主要观察对象是动物与植物。例如，马尔比基在1661年和1666年，分别发现了毛细血管与红细胞。

显微镜发明之后，一直在改进和发展。

在实践上，荷兰科学家、被誉为"显微镜之父"的列文虎克（1632—1723），把显微镜的放大倍数提高到270倍以上。他掌握了当时世界公认的最先进的磨镜片技术，在1675年9月用显微镜看到了微生物。

在理论上，英国物理学家兼天文学家胡克（1635—1703）于1665年出版的《显微图志》一书，和1679年发表的显微术理论，为显微镜学理论奠定了很好的基础。当然，他在实践上也有许多贡献。例如，他在1665年用显微镜第一次看到了软木塞薄片的细胞，并由此最早提出细胞这个概念。他发现软木塞上的小室、小孔酷似僧侣们住的小房间，就把它称为"cell"。所以，"cell"一词就有了细胞、小房间、单元、蜂房的巢室等含义。此外，在粗细调焦、照明系统和载物台等方面，他也对显微镜做了许多改进。

科瑞撒　　　　　波莱尔　　　　　马尔比基

列文虎克和他制作的显微镜

人们对显微镜的理论、制作和应用等的全面研究，始终在不断进行。例如，发明优质光学玻璃来提高清晰度，研制消除色差的物镜等。1807年，H.范代尔最早制成消色差显微物镜。意大利天文学家、光学家阿米奇（1786—1863）在1827年制成三组消色差物镜之后，又在1850年首创浸没物镜，1855年还制成了中倍消色显微镜物镜。1834年，C.薛瓦利埃制成了消色差显微镜，附有反射物镜、聚光镜及偏光元件等。德国光学家阿贝（1840—1905）在1870年提出的"数值孔径"的概念，和1873年发表的《显微镜映像理论》一文，奠定了显微镜放大理论的基础，明确了光学显微镜分辨本领有极限。

19世纪以后，人们认识到光学显微镜的分辨率（或放大倍数），受数值孔径和所用光波长的限制——分辨率不会优于0.2微米（或放大倍数不会大于2000倍）。于是，研究更高分辨率的显微镜必须另辟蹊径。

1903年，德国物理学家西登托普夫（1872—1940）和奥地利—德国化学家齐格蒙弟（1865—1929）发明了能观察胶体粒子运动的"超显微镜"，可看到小至10纳米的微粒，但本质上仍是可见光学显微镜。

来自电子的波动性在1927年被证实以后，在1930—1933年间，三位德国物理学家鲁斯卡（1906—1988）、男爵曼弗

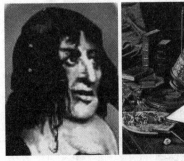

胡克（左图）制作的复式显微镜（17世纪中期）和他的著作（右图）

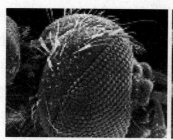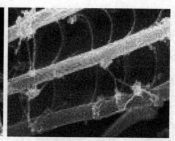

在普通显微镜下放大 100 多倍的蚊子头部　电子显微镜下放大 3 万多倍的蚊子头部纤毛上的病毒

雷德·冯·阿登内（1907—1997，拥有大约 600 项发明和专利的发明家，包括改进电视用的显像管）和马克思·克诺尔（1897—1969），联合发明了透射式电子显微镜——1933 年放大倍数已达 1.2 万倍。由于电子波的波长很短——约为可见光波长的 100 万分之一，所以电子显微镜的放大倍数可达几亿倍（目前已超过 2.6 亿倍）。当然，这种显微镜和下述场发射电子显微镜、超声显微镜、扫描式隧道显微镜，都不是传统的光学显微镜。此外，成像原理相同（依靠强磁力）的磁力显微镜（研究磁性材料的有力工具）和原子力显微镜，也不是传统的光学显微镜。

1936 年，美籍德国物理学家欧文·威廉·缪勒（1911—1977）发明了场发射电子显微镜，分辨率达 2 纳米。1951 年，他将其改进为场发射离子显微镜，分辨率达到 0.25 纳米，他也成为人类历史上观察到单个原子的第一人。1967 年，他又发明了原子探针，并将它与质谱仪联为一体，组合成为标志着材料科学领域显著进步的原子探针场发射离子显微镜。

放大倍数不逊于光学显微镜的超声显微镜，可观察活的细菌和生物组织，具备能发现光学或电

低温扫描隧道显微镜　现代普通光学显微镜

泽尔尼克　　　　　　　　荧光显微镜

子显微镜所不能发现的物质的新功能。从 1936 年苏联索科洛夫首先提出开始，到 20 世纪 70 年代才由凯斯勒等制成激光扫描声学显微镜，奎赖等制成机械扫描穿透式声学显微镜。

同时，可见光学显微镜也在不断改进。1934—1938 年，荷兰物理学家弗里茨·泽尔尼克（1888—1966）发明了不用对标本进行染色的相衬（相差）显微镜。这种具有不沾污标本、不会杀死被检测的生物细胞等优点的显微镜，使他独享 1953 年诺贝尔物理学奖。此外，偏（振）光显微镜、干涉显微镜、金相显微镜、荧光显微镜等可见光显微镜也先后被研制成功。

最早的电子显微镜和光学显微镜一样，只能观看到二维图像。1944 年，美国结晶学家、射线晶体学先驱拉尔夫·瓦尔特·格雷斯通·维可夫（1897—1994）用斜喷金属膜的方法，使它能看到三维立体图像。

随着光电技术的发展，电子显微镜的品种日益增多，主要有扫描式、透射式、扫描透射式、分析式、超高压式、高分辨率式等电子显微镜。它们与电视机、电子计算机、录像机、照相机和光谱仪等其他仪器组合在一起，功能不断扩大——例如用它拍（录）样品的照片（图像）、具有记忆功能、由屏幕直接显示立体彩图。

超高压透射式电子显微镜

电子显微镜的主要缺点，是不能分辨固体表面的结构；要求在真空条件下使用——这使观察活动潮湿的生物样品极其困难，样品也会受到严重损伤；对本身发光的样品，也无法进行观测。为克服这些缺点，瑞士物理学家罗雷尔（1933— ）和德国物理学家宾尼希（1947— ）利用电子的隧道效应，在 1981—1982 年发明了扫描式隧道效应电子显微镜（简称扫描式隧道显微镜，STM）。

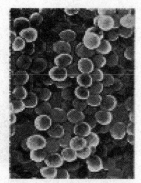

扫描式电子显微镜下放大 5 000 倍的葡萄球菌

1990 年，美国 IBM 公司的科学家爱格等率先用 STM 移动了原子。目前，STM 的分辨率已超过 0.1 纳米，放大倍数已超过 3 亿倍。因为这一发明，罗雷尔、宾尼希（共享总奖金的一半），以及在 1933 年和上述阿登内、克诺尔一起发明透射式电子显微镜的鲁斯卡（得到总奖金的另一半），共享 1986 年诺贝尔物理学奖。

鉴于扫描式隧道显微镜仅局限用于金属导体，人们又发明了可用于非导体的显微镜。例如，美国在 1985 年制成的光位移原子力显微镜（简称原子力显微镜），英国牛津大学在 1989 年制成的质子扫描显微镜，美国马萨诸塞州大学约翰·格拉在 1992 年发明的光子隧道显微镜。

此外，人们还根据不同的需要，先后研制出红外光显微镜、X 光显微镜（XCT，俗称"CT"）、核磁共振显微镜（俗称"核磁"或"磁共振"）、激光显微镜和扫描探针显微镜等。

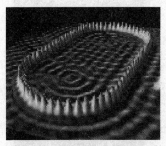

扫描式隧道显微镜下的由一群单个原子排成的椭圆环

1996 年，芝加哥的阿尔贡美国国立高能物理实验室制成了一台功率最大的 X 光显微镜，造价达 8.12 亿美元。它发出的 X 光的亮度比太阳表面的光还亮，用它可观察原子、分子的运动和制造新材料。

2004 年 8 月上旬，一种用中子来代替光进行影像放大的中子显微镜原型在美国国家标准与技术研究院（National Institute of Standardsand

显微镜下分裂的癌细胞

Technology）中子研究中心成功进行了演示实验。这台中子显微镜是由加州圣卡洛斯 Adelphi 技术公司设计、研制的。中子显微镜是继光学显微镜、X 光显微镜和电子显微镜之后的新一代显微镜。例如，中子波的波长仅有 1 纳米左右，与可见光的波长（一般人可以感知的范围是 400~760 纳米）相比要短得多。

2018 年，于 2017 年 8 月 28 日首次打靶成功的中国造"散裂中子源"（CSNS），迎来验收并对用户开放。"散裂中子源"是用中子散射来探知微观世界的工具，被形象地称为"超级显微镜"，目前只有英国、美国和日本才能制造。CSNS 的工作原理是，把加速到一定能量的质子束当成"子弹"，去轰击原子序数很高的重金属靶，金属靶的原子核被撞击出质子和中子，再通过特殊装置收集这些中子开展各种实验。

中国制造的散裂中子源加速器装置

虽然五花八门的显微镜相继诞生，但对普通实验室来说，当今用得最多的还是最早发明的那种光学显微镜。

显微镜的发明和广泛使用，让人类有了"明察秋毫之末"的眼睛——这是无数先贤长期努力的结果。

# 视通千里的眼睛

## ——光学望远镜的发明

2007年9月22日下午，伦敦克里斯蒂（Christies）拍卖行人头攒动，热闹非凡。经过20轮激烈竞拍，一把不起眼的钥匙拍出7.8万英镑（约合117万人民币）的"天价"。中国珠宝企业家沈东军让他的代理人买下了这把钥匙，用来警示公司员工要认真对待工作中的每一个细节。那么，这把钥匙为什么如此值钱且引起人们的关注呢？

"泰坦尼克"号的"夺命钥匙"

原来，这是一把"夺命钥匙"——"泰坦尼克"号在1912年4月14日夜沉没和它有关。

1912年4月3日，37岁的白星航运公司二副戴维·布莱尔（1874—1955）搭乘"泰坦尼克"号从贝尔法斯特抵达南安普敦，准备在一星期以后前往纽约，"泰坦尼克"号所属白星航运公司的老板临时改变了主意——从别的船上调来了经验更加丰富的大副亨利·兴格尔·怀尔德（1872—1912）替代布莱尔。不幸的是，在同年4月9日匆忙离开的时候，布莱尔忘了把钥匙交给怀尔德，而是放在口袋里带下

怀尔德

布莱尔

了船。这把钥匙锁着的，是瞭望台上唯一的一副双筒望远镜！

就这样，"泰坦尼克"号成了"近视眼"——没有钥匙就拿不到可见光光学望远镜（简称"望远镜"）的怀尔德等船员，只能用肉眼观察，直到冰山临近船前。接下来的故事尽人皆知——它和冰山相撞而葬身鱼腹。后来，在调查"泰坦尼克"号海难原因的时候，幸存者弗雷德·弗利特说，如果有望远镜的话，就会早一些看到冰山而"足够我们避开它"。

布莱尔在"泰坦尼克"号驶离南安普敦之后才想起那把钥匙，只好留着当纪念品。后来，他把钥匙留给了自己的女儿。20 世纪 80 年代，他的女儿又把钥匙捐给了英国和国际海员协会……

就这样，一副望远镜影响了一艘巨轮和上千人的命运。那么，能视通千里的望远镜是谁发明的呢？

汉斯·利伯休（Hans Lippershey, 1570—埋葬于 1619），又名约翰·利伯休（Johann Lippershey 或 Johann Lipperhey），是出生在德国韦塞尔（Wesel）的光学家和眼镜制造商。后来，他移居荷兰米德尔堡（Middleburg），并在那里辞世。利伯休的两个儿子和他一样，也爱摆弄镜片——他的镜片是水晶而不是玻璃制成的，孩子们时常把它们当玩具来玩耍。

"哥哥，快来看！快点！"1608 年的一天，利伯休的小儿子突然惊叫起来。原来，他在摆弄镜片时，无意间将两块镜片重叠起来并使它们相隔一定距离观看，就偶然发现远处教堂上原来几乎看不见的风标、小鸟等都能清楚地看见了。他俩大为惊异，就告诉了爸爸。利伯休起初还不相信，但照儿子的方法去做时，果然看到了远方原来几乎看不见的物体。

利伯休

接着，汉斯把两块镜片装在一个铜管内固定，发明了最初的复式望远镜——当时他们叫"窥探镜"。

和发明显微镜一样，望远镜的发明也有不尽相同的记载，以下是其中的一部分。

13世纪，英国哲学家罗杰·培根（1214—1294）发现，用透镜组成的仪器可使遥远的物体看起来好像更近了。不过，有人说这并不表明他发明了望远镜，认为英国数学家、验船师和发明经纬仪的伦纳德·迪格斯（1515—1559）才是最早的发明者。理由是，他的儿子托马斯·迪格斯（1546—1595）留下了一份相当详细的望远镜使用说明书，说他的父亲在1540—1559年之间建造了反射或折射望远镜。不过，英国作家、历史学家与科学哲学家科林·罗南（1920—1995）认为，托马斯·迪格斯的描述模糊，很可疑。

1608年10月2日、13日、17日，汉斯·利伯休与荷兰的另外两位磨镜匠詹姆斯·马丢（James Metius 或 Matius）、詹森（S.Janssen）三人，先后向政府申请发明望远镜的专利，但被国会拒绝——因为真正的发明人一直没有查明。其中，国会在汉斯·利伯休于1608年12月15日交了一个双筒望远镜和1609年交了两个双筒望远镜之后，各颁发了两次900古尔登（当时的荷兰货币）的奖金，来代替专利。把发明权归功于马丢的，则是著名法国数学家笛卡儿（1596—1650）。詹森的儿子则说，他父亲的望远镜是在1604年仿照一架1590年的意大利望远镜制成的。詹森是看到政府对望远镜的军事价值感兴趣，才申请30年专利权的。他的专利申请被拒绝，还与他虽是磨镜工但又是沿街叫卖的小贩并伪造过货币有关。

伽利略的望远镜，放大倍数32，现存佛罗伦萨科学博物馆

此外，荷兰的另一位光学家、

眼镜制造商约翰内斯·利伯休[Johannes Lippershey（或Lippersherm），1572—1640]，在1608年也申请了双目镜专利，但也没有获得批准。他也是望远镜的发明者之一——可能得到过发明显微镜的扎卡赖亚斯·詹森的鼓励。

木星是太阳系中卫星最多的行星

望远镜从荷兰重新传入意大利之后的1609—1610年间，伽利略制成了几台最终放大倍数达到32的"天文望远镜"——与此"相反"，观测地面目标的望远镜则统称"地景望远镜"。伽利略从1609年开始用它们对准太空之后，就有了一系列重大的天文学成果。例如，他发现"热美人"太阳和"冷美人"月亮都有满脸"不堪入目"的"痘痘"，发现木星（Jupiter）及它的4颗卫星。

在太阳系所有的行星中，被称为"小太阳系"的木星，是有包括以下几个第一的巨大行星：体积最大（约为$1.4313 \times 10^{15}$立方千米），质量最大（约为太阳系中其他七大行星质量总和的2.5倍），卫星最多（迄今共发现68颗），自转最快（"一天"即自转周期只有9小时50.5分钟）。

其实，之所以没有完全搞清楚光学望远镜（以及显微镜）的发明权这类事实，恰好说明它是几乎同时代的人在不同国度的产物——科学硕大无朋的生存空间，可以让林林总总的发明（或发现）走进任何适合它的院落。这类例子不胜枚举。

可见光学望远镜大致分为折射式、反射式和综合前两类的折反射式这三种大的类型。

现代伽利略式双筒望远镜

折射式望远镜主要有伽利略式、开

普勒式和棱镜式三种。

伽利略望远镜，是用一个双凸透镜作物镜，一个双凹透镜作目镜——与汉斯·利伯休的望远镜以及詹森父子仁在1604年制成的那台复式显微镜的结构都相似，所以也叫荷兰望远镜。它的优点是，看到物体的像是正立的——符合人们的视觉习惯。一般双筒望远镜（即"观剧镜"），就是伽利略望远镜。1645年，A. M. 施里尔也发明了一种能产生"正立像"的望远镜。

牛顿的反射式望远镜

鉴于伽利略望远镜的放大倍数和视场（能看到的范围）都较小等缺点，开普勒于1611年提出了由两个双凸透镜分别作物镜和目镜的望远镜。用它看到的物体的像是倒立的，这会使人很不习惯——不过，这对天文观测则毫无影响。可惜他生前没能制成，直到1613—1617年，才由德国学者、耶稣会教士克里斯托夫·沙伊纳（1575—1650）制成。另一种说法是，开普勒死后15年的1645年，由雪耳制成。沙伊纳还遵照开普勒的另一建议，制造了有第三个凸透镜的望远镜——把倒立像变成了正立像。

由于开普勒望远镜的放大倍数和视场都比伽利略望远镜大，而且目镜的物方焦平面在镜筒以内，可在该处设置叉丝或刻度尺（伽利略望远镜不能设置）等优点，从17世纪中叶起，开普勒望远镜就在天文观测中得到普遍应用。

伽利略望远镜镜筒全长（指物镜、目镜间距离）为两镜焦距绝对值之差，故镜筒较短，便于携带观剧、看足球赛等。开普勒望远镜镜筒全长则为两镜焦距绝对值之和，所以镜筒较长——这使它多用于固定天文观测。

1850年，I.波罗发明了另一种折射望远镜。其后又出现了棱镜双筒望远镜。在形形色色的棱镜相继出现之后，棱镜望远镜又有了新的品种。

由于伽利略和开普勒望远镜都有明显的色差，所以人们又发明了消色差的反射式望远镜。常见的反射式望远镜主要有四种：牛顿式、格雷戈里式、卡斯格伦式和赫谢尔式。

牛顿于 1668 年发明的牛顿式消色差反射式望远镜，由一个大抛物面凹面镜、一个小平面镜和一个凸透镜组成；其镜面直径为 1 英寸、长 6 英尺（1 英尺 = 0.304 8 米）、放大率为 30~40 倍。1671 年，他又做了一台更大的牛顿式反射望远镜。

英国数学家格雷戈里（1638—1675）发明的格雷戈里式反射式望远镜，发表在 1663 年他的第一部著作中，它比牛顿式望远镜多了一个椭球面凹镜，少一个小平面镜。

卡斯格伦式反射式望远镜，是法国天主教神父、发明家劳伦特·卡斯格伦（约 1629—1693）在 1672 年发明的——用一个双曲面凸面镜代替了格雷戈里望远镜中的椭球面凹面镜。

英国数学家兼天文学家赫谢尔（1792—1871）发明的赫谢尔式反射式望远镜，则由一个凹面镜和一个凸透镜构成。

由于反射式望远镜能反射光谱范围较宽的光而不致产生色差，而且球差小、像质好、观察方便、成像明亮，所以当今世界上许多大型天文望远镜都采用反射式。

望远镜的口径越大，就越能得到更多的光线，看到更远更暗的天体，所以望远镜口径日趋增大。

1948—1949 年，美国帕洛马天文台安装的反射式望远镜口径为 200 英寸，镜面重 14.5 吨，镜筒重 140 吨，整个镜可转动部分竟达 530 吨！1974—1976 年，苏联在

苏联克里米亚：236 英寸反射式望远镜

克里米亚的专门天体物理天文台建造的反射式望远镜，直径为 236 英寸。美国于 1993 年（一说 1991 年）和 1996 年在夏威夷莫纳克亚山天文台建成的两台反射式望远镜凯克 1 号和 2 号（Keck 1、Keck 2），都是一样的参数：由 36 块口径为 1.8 米的六角形小镜片组成，300 吨，直径 394 英寸。1995 年，美国在亚利桑那州霍普金斯山的凯克天文台建成的反射式望

芝加哥大学：40 英寸折射式望远镜

远镜，口径达 400 英寸。2002 年，欧洲南天天文台出资 1 亿美元在智利海拔 2 632 米的帕纳尔山上建成的反射式望远镜，由 4 面直径各为 8.2 米的主透镜组成，是当时世界上最大和最先进的反射式望远镜。此外，俄罗斯还拟建一台更大的反射式天文望远镜，口径为 25 米。

截至 20 世纪末，最大的折射式天文望远镜直径为 40 英寸——于 1897 年被安装在美国芝加哥大学的叶凯士天文台。而迄今中国最大的折射式天文望远镜在南京紫金山天文台，投资 2 亿多元，历经 7 年于 2002 年建成，直径为 4 米——突破了这类望远镜的直径不得超过 1.3 米的"极限"。

但是，人们终于发现，不管望远镜做得多大，设置在多高的山上，总会受到大气的限制：云层的阻挡与夜空散射光的影响；大气只让可见光与少数红外波段的辐射通过；即使在晴夜，大气扰动也会使星像发生形变而游移不定；更糟糕的是，望远镜的口径越大，这种扰动也越明显。因此，大型望远镜的实际分辨率，比衍射理论计算的结果要差几十倍。于是天文学家们想要"走出"大气层，把望远镜架在太空。1990 年 4 月，用时十多年建造成的哈勃太空望远镜（HST）在

这一梦想中升空。

2007年初,世界上最大的双管天文望远镜(LBT)投入使用。耗资1.2亿美元,经过20多年的设计和建造的LBT,安装在美国亚利桑那州海拔约3000米的格雷厄姆山上。它有两个直径27.6英寸的镜片,用电子仪器纠正错误,清晰度超过此前地球上或太空中的任何光学望远镜——包括著名的"哈勃"。

2009年初,世界上最大的反射式施密特望远镜(LAMOST)在河北省兴隆县的中国科学院国家天文台兴隆观测站落成。它的主镜直径达6米,有800吨。

至今口径最大的光学天文望远镜,是2001年正式运行的凯克(Keck)望远镜(包括KeckI和KeckII)。它的主镜片由36块口径为1.8米的六角形小镜片组成,组合后的效果相当于一架口径10米的反射式望远镜,综合观测能力不在"哈勃"之下。它位于夏威夷岛海拔4200多米的莫纳克亚山上,由美国企业家凯克捐助1.3亿美元,委托加州理工大学建造。

从2005年7月18日开始建造的世界上直径最大的光学天文望远镜——"大麦哲伦",由美国亚利桑那州立大学的"史都华天文台镜面实验室"负责制造主观测镜片。它位于智利拉斯卡姆帕纳斯地区的卡内基天文台,在2016年建成并投入使用。"大麦哲伦"耗资5亿美元,由7个直径27.6英尺的镜片,以甘菊花的形状组装在一起,能观察到任何角度的光线。它的聚光能力相当于一面直径为25.6米的巨型望远镜,成像清晰度达"哈勃"的10倍。为了顺利建造这台巨型望远镜,美国的加州卡内基天文台、哈佛大

中国的"天眼":直径500米,塔高160米

学、史密松天文物理台、亚利桑那州立大学、密歇根州立大学、麻省理工学院、得克萨斯州立大学和得克萨斯农工大学组成了一个联盟。

目前在建的世界上直径最大的光学天文望远镜——"天空之眼"，由欧洲南方天文台从2010年起建造。它位于智利阿塔卡玛沙漠中的赛罗阿玛逊斯山（海拔3 017米，要炸掉它的顶部），它的镜片直径约50米，预计在2020年前投入使用。

科学家们为扩大人类的视野，除了研制出各种可见光学和非可见光望远镜，还发明了许多称之为"望远镜"的仪器，以满足不同的需要。

例如，2016年9月25日，在贵州省平塘县建成并启用的中国"天眼"——单口径500米的球面射电天文望远镜（简称FAST），始建于2011年，投资约12亿元。它与此前最先进的FAST——美国阿雷西博（Arecibo，单口径300米）相比，综合性能提高了约10倍，在未来的二三十年内，将保持世界一流的地位。此外，由于设计的限制，FAST有不能旋转的局限，所以中国将在新疆奇台（Qitai）县建设跻身世界先进行列的110米口径全可动射电望远镜QRT——全名Qitai Radio Telescope（奇台射电望远镜）。

望远镜的问世和广泛使用，让人类能"视通千里之外"。

# 意外电击之后
## ——莱顿瓶的发明

在 1800 年意大利物理学家伏特（1745—1827）发明伏打电池之前，人们还无法得到大量的、持续的电荷。

那么，当时科学家们用什么方法来获得持续的电荷，供科学研究用呢？原来，他们用的是起电机。例如，德国物理学家格里克（1602—1686）在 1660—1665 年发明的硫黄球起电机，以及经过德国物理学家弗朗西斯·豪

莱顿瓶

克斯比（约 1688—1763）改进，在 1709 年用空心玻璃球代替硫黄球的起电机。这些起电机都有一个致命的缺点——无法长久储存电荷。

德国玻美拉尼亚的卡明大教堂副主教、物理学家克莱斯特（1700—1748）也用起电机来获得电荷。1745 年秋的一天，他利用导线将起电机摩擦所起的电引向装有铁钉的玻璃瓶，想把电贮存在玻璃瓶中。当他同往常一样用手触及铁钉的时候，却突然受到猛烈的一击，而且伴有很强的火花。"啊哟，这是怎么了！"克莱斯特一边按着疼痛的手，一边惊呼……

为什么这次与往常不同呢？这促使克莱斯特精心思考。"嗯，一定是这只玻璃瓶内有很多电荷，"他自言自语，"那么，不就可以用这种瓶子来贮存电荷么？"就这样，一项新的发明诞生了。

同年，荷兰物理学家马森布鲁克（1692—1761）因为感到摩擦所引起的电容易在空气中消失，也企图通过实验来寻找一种贮存电荷的

方法。1746年1月，他在写给法国博物学家、列氏温标的发明者列奥缪尔（1683—1757）的信中，描述了他当年所做的一次实验："把盛水的容器放在右手上，试图用另一只手从充电的铁柱上引出火花，偶然之间，手即受到猛然一击，导致手和全身都瞬间颤动。"他还通过实验发现，把带电体放在玻璃瓶内可以把电保存下来——只是当时还弄不清楚贮存电荷作用的是瓶子还是瓶内的水。于是，他也做出了类似于克莱斯特的发明。

马森布鲁克

由于马森布鲁克是莱顿大学的教授，所以法国神父、博物学家、电学家诺莱特（1700—1770）在后来就将这种能贮电的瓶子称为"莱顿瓶"，将这个实验叫"莱顿实验"。其后，有人用锡箔或铅箔从内外两面把莱顿瓶围起来，使莱顿瓶的贮电效果更加明显。现在我们知道，当时的莱顿瓶实际上就是一只最早的旧式电容器。

就是这只旧式电容器，成了当时人们探索电世界奥秘的有力武器，并由此引出许多科学成果。

例如，在1746年，英国学者斯宾塞（Spence）将莱顿瓶带到美国波士顿讲学，引起了美国物理学家富兰克林（1706—1790）的极大兴趣。临别的时候，斯宾塞把莱顿瓶等一部分仪器送给了富兰克林，加之后来富兰克林又收到他的一位有通信联系的朋友、英国皇家学会会员柯林逊从伦敦给他寄来的一只莱顿瓶，富兰克林从此就走上了电学研究的道路，作出了许多重大贡献。

又如，在18世纪末，一个叫皮尔森（Pearson）的科学家，为了电解水，就利用莱顿瓶贮存的电荷，通过艰难的14 600次放电，最终得到1/3立方英寸（约5.5立方厘米）的气体——混合的氧气和氢气。

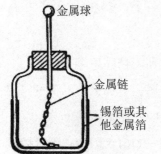

金属球

金属链

锡箔或其他金属箔

莱顿瓶的主要结构示意

# 接错导线之后
## ——古拉姆发明实用电动机

"古拉姆先生，古拉姆先生！快看，你的发电机转动起来啦！"

1873 年 5 月 1 日到 11 月 2 日，在奥地利首都维也纳举办了世界博览会。这是会上的一幕——古拉姆附近展台的人这样喊他。

古拉姆

"啊！发电机会转动？"参展的比利时技师泽诺布·泰奥菲尔·古拉姆（1826—1901）听到喊声，立即转过身来一看，果真发电机咕噜咕噜地转动起来了。他一时成了"丈二和尚"。

是啊，发电机是用来发电的，怎么会转动呢？

这还得从几年前说起。

1870 年，古拉姆部分采用了意大利帕契诺蒂（1841—1912）于 1865 年发明的齿状电枢等结构，最早制成实用的环状电枢自激直流发电机，并将它投入商业生产。在维也纳的博览会上，他展出了他新发明的这种发电机。在展示的时候，他一时疏忽偶然接错了线——把别的发电机发的电接在自己这台发电机的电流输出端。这就有了前面的"摸不着头脑"。

其实，发电机变成电动机一点也不奇怪——发电机和简单直流电动机在机械结构方面基本上没有差别。

不过，发电机变成电动机这一偶然事件，倒是促进了实用的交流电动机的问世——1853 年到法国电气公司当木模工的古拉姆抓住机遇，在 1878 年制成第一台比较实用的交流电动机。电动机俗称马达，是电能转变成机械能的装置，属于电机中的一种。电机共分为三种——除了电动机，还有两种是发电机（其他能转变成电能）和电能转变成电能的装置。

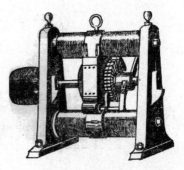

古拉姆的发电机

1831 年 8 月 29 日，英国物理学家法拉第（1791—1867）发现了电磁感应现象，为制造发电机提供了科学的依据和理论基础。

1831 年 10 月，法拉第和美国物理学家约瑟夫·亨利（1797—1878）等人制造出发电机的模型。其后发明了用永久磁铁制成的各种发电机，但都因为受到永久磁铁本身磁感应强度的限制，不能提供强大的电力。

1845 年，以发明惠斯通电桥（一种能进行精密电学测量的仪器）闻名的英国物理学家惠斯通（1802—1875），制成了世界上第一台使用电磁铁的发电机，它的电磁铁由外加电源励磁。1854 年，惠斯通曾给第一台局部自激式发电机颁发过专利。他还在 1866 年制成了第一台自激式发电机。这些发明发现，为实用电机的发明开通了道路。自激式发电机是由自己激励的磁场来发电的电机。

当然，电动机的研究比这早得多。

惠斯通

1821 年 9 月 3 日，法拉第在重复丹麦物理学家奥斯特（1777—1851）"电生磁"实验的时候，就制造出人类史上第一台最原始的电动机的雏形——在水银杯中的磁铁能围绕通电导线连续旋转的装置。

1828 年，出生在当时的匈牙利王国西莫（Szimő，今斯洛伐克的 Zemné）的物理学家、

发明家斯蒂芬·阿尼斯·杰德里克
（1800—1895）展示了他发明的第
一台电动机。这位"匈牙利和斯洛
伐克发电机和电动机之父"发明的
自激式电磁转子旋转电动机，后来
存放在布达佩斯应用艺术博物馆，
现在仍能运转。

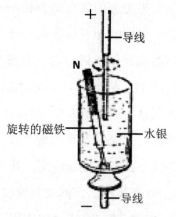

法拉第：原始电动机的雏形

出生在德国的俄国物理学家、
发明家莫里茨·赫尔曼·冯·雅格
布（1801—1874），将他在 1834 年
发明的第一台有实用价值的棒状铁芯直流电动机（功率约 15 瓦），
进行了改进。1838 年的一天，装有 40 台这种电动机（和 320 个大电
池）、能载 18 人的一艘小艇，在俄国中部涅瓦河上行驶，实际载客
12 人。岸边的人群目睹了历史上第一艘"没有烟囱，不烧油、煤"
的"电动船"的处女航。

前述帕契诺蒂和古拉姆的发电机，实际上都是发电－电动两用
电机。

1888 年，意大利物理学家费拉里斯（1841—1897）在研究旋转
磁场后，制出了第一台有旋转磁场的两相交流感应电动机。而在此前
后，出生在克罗地亚的美国物理学家特斯拉（1856—1943）和德国工
程师哈泽耳万德尔（1859—1932），则分别为交流电动机的发展做出
了重大贡献。

杰德里克

1889 年，俄国电工技师多勃罗沃尔斯基
（1861—1919）制成了三相鼠笼式交流电动机，
使交流电工程技术有了突破性的发展。这种电动
机广泛流传使用至今。其后，又诞生了盘式电动
机和步进式电动机。

人们并不满足于传统的电动机，一直在研

制更为先进的新型电动机——例如超声波电动机。它用电加在压电陶瓷元件上，使之产生超声振动而获得机械力。它没有绕组和磁场，结构简单，在低压下可直接输出大转矩——单位体积输出的转矩为普通电动机的10倍，不需减速齿轮，通过改变电源频率、通电时间或相间相位差，即可控制转速。其雏形由苏联在20世

雅格布

纪60年代提出，但没有继续研究。1971年，德国取得了这种电机的专利。1982年，日本人指甲年生研制的两种超声波电动机——驻波型和行波型才真正达到实用。其后，美、俄、德又研制出十多种类似的新型电动机。

1831年7月，法拉第（一说亨利）在《西门子》杂志上谨慎地预言："这一原理（指电流能驱动机械旋转的'电动机原理'）——或者经过较大幅度的修改——应用于某种有益的场合，不是不可能的。"

现在，我们已经体会到了这一精彩的预言正在给人类生活带来的巨大变化，由此也带来了对电能的依赖。当今，人们正不断尝试将包括风能、地热能、潮汐能、原子能、光能和化学能等能源用来发电，然后让电动机"不停地运行"，但最具魅力的依然是江河的水能。从1878年法国建成世界第一座水电站开始到2017年年底，世界上已建成（或在建）的1 000万千瓦（以下略去"万千瓦"）

装配中的电动机

以上的水电站就不少于10座：中国的长江三峡（2 250）、中国的白鹤滩（1 600，在建）、巴西－巴拉圭的伊泰普（1 400）、中国的溪洛渡（1 386）、苏丹的麦洛维（1 250）、俄罗斯的图鲁汉斯克（1 200，在建）、巴西的美丽山（1 123，在建）、美国的大古里（1 083）、委内瑞拉的古里

（1 030）、中国的乌东德（1 020，在建）。不过，这些"超级水电站"和谈论中拟建的西藏墨脱水电站（4 000~6 000）相比，还是"小巫见大巫"。

"浪奔，浪流，万里滔滔江水永不休……"沐浴在"电力世界"中的现代人，还将沿着科学先贤开辟的道路，用前无古人的方式获取更加"绿色环保"的强劲电力。

长江三峡水电站一角

可不是么，在 2017 年 11 月，耗资 88 亿、规划总装机容量 1 020 万千瓦、绵延 40 千米的中国山西省芮城县集中式光伏电站已经开建……

# "疯子"让导线说话
## ——贝尔发明电话

贝尔

"以往，人们只有大喊大叫才能让百码以外的人听到；现在，我们一声轻语都能让世界各地的人听到。"约翰·布鲁克在《电话，第一个世纪》一书中描述的这个情景，也许会让古代那些具有丰富想象力的、创作"顺风耳"神话的作者也要目瞪口呆——这仅仅是梦想。

不过，这一梦想终于在19世纪成真。"1875年6月2日，电话机在这里诞生。"在美国波士顿法院路109号门口钉着的一块青铜牌子上这样写着。是的，当年贝尔和他的助手托马斯·奥古斯都·沃特森（1854—1934）就是在这所房子里发明电话的。

那么，他们怎么想到要发明电话呢？原来，此时的电报虽然风行全球，但是仍然有不能直接传递语言等缺点，所以对远距离快速通信工具的改进，就引起了许多发明家的兴趣。1877年（一说1882年）加入美国籍的苏格兰发明家亚历山大·格雷厄姆·贝尔（1847—1922）就是其中之一。

少年的贝尔并不是"乖孩子"：不喜欢天天上学，更愿意四处游玩。一天，他打算去听麦浪翻滚的声音，但却在广阔的田野上"找不着北"，直到夜幕降临。当他抽泣着躺在地上的时候，奇迹发生了：贴在地上的耳朵听到了父亲焦急的呼喊——通过大地传过来的！从此，他埋下了"远距离通话梦"的种子。

贝尔家从祖辈起就研究语言，语言学是他的专业，知道语音是声波的振动。22岁的时候，他被聘为波士顿大学的教授，在1872年讲授音响-生理学时，他曾研究聋人用的一种"可视语言"。按照他的设想，是在纸上复制出语言声波的振动，以便聋人从波形曲线看出"话"来。由于识别曲线很不容易，所以这一设想没有实现。不过，他在实验中偶然发现了一个有趣的现象：在电流导通和截止的时候，螺旋形的线圈发出了噪声——好像发送莫尔斯电码的"滴答"声一样。

贝尔是个有心人，当然不会放过这一奇怪的偶然现象，就重复实验了许多次，结果都一样。"在讲话的时候，如能使电流的变化模拟出声波的变化，那电流不就能传送声音了么？"他受此启发，头脑中出现了一个新颖而大胆的设想。

乔治·桑

"你只要多读几本《电学入门》之类的书，你的这个妄想就会自然消失！"当26岁的贝尔把这个设想告诉几个电学家的时候，其中一个就这么泼了冷水。还有人用轻蔑的口气嘲笑他是"想让导线说话的疯子"或者是"狂妄无知"。

然而，在这些劝诫或冷嘲热讽面前，贝尔并没有打退堂鼓——他坚信"神话是飞翔的现实"。1873年3月，他专程去华盛顿，把这个想法告诉当时德高望重的大电学家约瑟夫·亨利，征求他的意见。"学吧！并且吸取别人的经验。"亨利这样鼓励他。

当然，贝尔知道，正如法国19世纪最伟大的浪漫主义女作家乔治·桑（1804—1876）所说："在抽剑向敌之前，必须练好剑术。"于是，回到波士顿之后，他就专心学习电学知识，并在当年夏天辞去波士顿大学语言学教授职务，正式搞起有关电话机的实验研究。

1873年的一天，贝尔碰巧邂逅了一个18岁的年轻电气技师托马斯·奥古斯都·沃特森。沃特森对贝尔的理想终将实现坚信不疑，表示一定全力相助。这对贝尔的鼓励很大，更加坚定了他发明的信心。沃特森矢志不渝，履行了自己的诺言。他俩一见如故之后，成了终身的助手和战友。

一年多过去了，电话机仍然没有完全成功，但是他俩已经在1874 年夏天感悟到振动膜片是电话机的关键部件。

一天晚上，夜幕降临了，贝尔又在锁眉沉思。这时贝尔突然听到沃特森在叫他："先生！您听！"贝尔转过头去，困惑不解地望着助手。这时沃特森用手指着窗外，神色惊喜地说："先生，您听！"贝尔这才听到隐隐约约地从远处传来了叮叮当当的吉他声——像山泉般在夜空里荡漾。贝尔凝听着、凝听着……

"有啦！有啦！沃特森，你真行！"突然，贝尔豁然顿悟，连声说。

原来，他俩的送话器和受话器灵敏度都很低，所以声音极其微弱，很难辨别——当时没有现在的电子放大设备。吉他的共鸣，启发了这对聪明的年轻人。他们马上设计草图，动手试制。终于在1875 年6 月2 日夜发明了电话机。

"沃特森先生，快来呀！我需要你！"这是他们通话的第一个内容。原来，在操作的时候，贝尔不小心把硫酸溅到腿上。由于疼痛，他就情不自禁地对着话筒向隔壁房间的沃特森求救。没有想到，贝尔的求救声竟成了人类第一次通电话的内容。沃特森听到贝尔的声音之后，立即回话："贝尔，我听见了！听见了！"这时两人欣喜若狂，互相大喊对方，谁也分不清对方和自己喊了些什么。接着，双方不约而同地

开门向对方奔去，热泪盈眶地呼喊着对方的名字，相互热烈拥抱祝贺！

1876 年2 月14 日，贝尔为他发明的电话机申请了专利。在同年3 月7 日，这个编号为174465 的专利获得批准……

当然，和任何新事物一样，发展的道路并不平坦。贝尔发明电话之前，就有"不可能"

沃特森晚年手持当初的电话

的声音。例如，在 1865 年，《波士顿邮报》就说："有良好学识的人都明白，在电线上传递声音是不可能的；如果可能，那么语音就会变得没有实际价值了。"电话发明之后，也并没有立即受到"热捧"。又如，在 1876 年，贝尔的岳父——美国律师、金融家、贝尔电话公司首任总裁与社会活动家贾汀纳·格林·赫巴德（1822—1897），向当时长途通信业的霸主——美国西部联合电报公司（今美国电话电报公司即

赫巴德

AT&T 的前身）总裁威廉·奥顿（1826—1878）提议，用 10 万美元的低价购买贝尔的电话专利。可奥顿回答说："真要把'电话'当作通信工具的话，它还有许多缺陷。这个东西对我们本来就没有任何价值。"该公司的内部备忘录对此也有记载。后来，该公司因为拒绝这项交易失去了该行业的"老大"地位，但悔之晚矣！这样，贝尔只好把专利权以 10 万美元贱卖给美国东方联合电报公司，但该公司却不买他的电话机。英国邮政管理局总工程师普利斯（1834—1914）不以为意地说："它不会在英国流行，因为伦敦有足够的小邮差。"

不过，新事物历来锐不可当，电话和电话业像一艘大船，不可阻挡地扬帆远航！

1877 年 4 月 4 日，小查理·威廉姆斯在萨默维尔市的居所和波士顿的办公室之间架设了电话线。这是历史上第一部私人电话。同年，第一份用电话发出的新闻稿被发送到波士顿的《世界报》——标志着电话被公众采用。1877 年 5 月 17 日，波士顿防盗公司经理埃德温·荷马斯开通了历史上首家电话系统，总台与使用报警装置的 5 家办公室相连。这一年，发明大王爱迪生针对贝尔电话机送话器灵敏度低的缺陷，发明了碳精送话器。

奥顿

1906 年 1 月 13 日，美国发明家德·福雷斯特（1873—1961）发明电子三极管，它的放大作用消除了距离对电话通信的限制。例如，1915 年美国东西海岸之间就建立了长达 5 400 千米的电话通信。

1951 年，贝尔实验室发明了长途电话直拨号技术。

1963 年，贝尔实验室研制成功可视电话机即电视电话机。

1992 年，贝尔实验室开发出装在普通电话线上的全自动彩色可视电话机。

…………

为了纪念贝尔发明电话的功绩，在 1922 年 8 月 7 日举行贝尔葬礼的时候，全美国人都把电话变成了"摆设"，作为对 5 天前逝世的贝尔的悼念："失去贝尔，好似失去电话。"他的名字"贝尔"被作为级差的单位，但用得更多的却是它的 1/10 即分贝——1924 年首先在电话工程中使用，1968 年"国际电联"第 4 次全会定其符号为"dB"。贝尔塑像下的这段话，就是对曾嘲笑他"狂妄无知"的人的最好回应："有时需要离开常走的大道，潜入森林，你就肯定会发现前所未有的东西。"

电话曾被誉为"改变世界面貌的九项专利"之一（名列第四）。其余八项是轧棉机、缝纫机、带刺铁丝、电灯、汽车、飞机、静电印刷术和晶体管。

2003 年 11 月，英国伦敦科学博物馆首次解密的一批 1947 年的文件表明，德国理科教师约翰·菲利普·莱斯（1834—1874）在 1863 年就发明了完全可以工作的电话，因此，"电话之父"应该是比贝尔早 13 年的莱斯——而不是贝尔。意外发现这批秘密保存文件的，是这个博物馆的馆长利夫恩。其实，"电话之父"是莱斯也好，是贝尔也罢，我们都可以看出，电话是许多人用血汗浇灌出来的。

而今，电话已经摆脱了"尾巴"——手机已经进入千家万户。

1896 年瑞典产的
磁石式挂墙电话

# 话务小姐受贿引出的发明
## ——自动电话机

　　一个老板——棺材店的老板，在棺材面前发呆。

　　这个老板是谁，为什么发呆？他就是出生在纽约州罗彻斯特城附近潘菲尔德的阿尔蒙·布朗·斯特罗格（1839—1902）——19世纪美国内战后，居住在堪萨斯州的一家棺材店老板。"他不是子承父业，生意一直很好么？"人们迷惑不解。

　　原来，一连半年，斯特罗格的业务突然不景气，生意也一蹶不振了。愁眉不展的他，不知道到底是怎么啦。

　　为了查明生意萧条、门庭冷落的原因，斯特罗格对周围的每个人都进行了周密的调查。最后，他的目光集中到一个人身上，查明了事情的真相。原来，是当地电话局里的一位话务员小姐，因为接受了另外一家棺材店老板的贿赂，把与他联系业务的客户的电话，都转到另外一家棺材店里去了……

　　这是一次偶然事件。斯特罗格对此当然十分气愤，终日考虑如何对付这个不称职的话务员小姐的营私舞弊行为。他想，如果能用机器代替话务员小姐接电话，问题不就解决了么？于是他变卖了家产，把全部精力投入发明不用人工接转的自动电话机上来。

　　经过几年艰苦努力之后，1889

斯特罗格在棺材面前发呆

年，斯特罗格终于发明了世界上第一台自动交换电话机和电话交换系统。这种电话机采用后来使用的拨号盘式电话机的原理，进行自动拨号和转接。他还在同年取得了拨号盘的发明专利。

斯特罗格

又经过 3 年的改进和完善，斯特罗格的第一批自动电话交换机终于在印第安纳州开始批量生产，他也因此扬名四海。其间的 1891 年 3 月 10 日（美国专利号 0447918），他取得了直拨电话机的另一个专利。1892 年，美国用他的发明建立了世界上第一座自动电话站。1900 年，在柏林也建立了类似的电话站。

1964 年，贝尔实验室发明了实用的按键电话机。它用按键代替旋转拨号，加快了拨号的速度。从此，拨号盘式电话机逐渐被按键式电话机所取代。1969 年，贝尔实验室又开发出电话接驳座席系统，以替代传统的塞绳交换台，使电话员的许多工作实现了自动化。同时，更先进的程控电话交换机也走向千家万户。

世界上的事情真是奇妙——被话务员小姐"打压"的斯特罗格，因为"偶然事故"放弃了原本"轻车熟路"的生意，以后半生为"赌注"，竟开辟出了和棺材风马牛不相及的"新天地"——自动电话机。那么，我们能从中得到什么启示呢？

"斯特罗格开关"（Strowger switch）——老式电话交换机

首先，当我们无法改变环境的时候，又可不可以改变自己来适应环境呢？可以的。当我们无力改变周围的人和事的时候，不如先改变自己——改变自己对"不顺心事"耿耿于怀的心态，改变自己固执己见的性格，改变……也许在这些改变之后，就能找到通向成功的道路，找到开启幸福之门的金钥匙……

其次，当别人有错误或背后"绊脚"的时候，无须愤怒，不要用这个错误来惩罚自己，切忌抱怨，不必郁闷。不妨换个角度，也许机会就来临了。对善于发现、乐

早期的拨号盘式自动电话机

于思考、态度积极的人，处处是机遇，遍地是转机。这样的人，才是真正的智者。

可不是么？"愤怒以愚蠢开始，以后悔告终。"古希腊哲学家、思想家、数学家毕达哥拉斯（约公元前 580—前 500）这样说。

可不是么？"不要用别人的错误来惩罚自己。"丹麦基督教哲学家、思想家、诗人索伦·阿布耶·克尔凯郭尔（1813—1855）的"警世三条"中的最后一条这样说。

最后，古人说"业精于勤"，我们还有"续集"："愿学就会，发疯就精，着魔就成"。

形形色色的自动电话机，其中旋转拨号电话机已被淘汰

# "专利文献"中的光明

## ——"电灯"的发明

爱迪生和他在 1879 年 10 月 21 日发明的第一只白炽灯

1931 年 10 月 18 日，一个美国人在新泽西州的西奥兰治辞世。许多美国人建议，在他"入土为安"那天，全国停电一两分钟，使大家能深刻认识到他发明的电灯的重要性，但是，电力实在太重要了，以致电力部门无法满足这个要求。尽管如此，在下葬那天，许多人还是默默地熄灭了电灯，以表达自己深深的哀思。

那么，这个美国人是谁? 他是怎么发明电灯的?

不用回答——你也知道，这个美国人就是"发明大王"爱迪生（1847—1931）。

那么，爱迪生又是怎么产生发明电灯的念头的呢?

1878 年秋，爱迪生采纳了助手——数学家、物理学家弗朗西斯·罗宾斯·阿普顿（1852—1921）的建议，从英国买来了一台斯普伦格抽气机，在当年 10 月就已经解决了发明白炽电灯中遇到的真空问题。发明这种抽气机的，是出生在德国的英国物理学家、化学家、发明家——英国皇家学会会员赫尔曼·约翰·菲利普·斯普伦格（Hermann Johann Philipp Sprengel, 1834—1906）。他在 1865 年就发明了以他的姓氏命名的上述抽气机——一种水银流注高真空泵。

伊波利特·方丹

然而，当得知爱迪生要发明白炽灯时，不少的科学家却不屑一顾。例如，斯普伦格的同胞——英国著名电学家约翰·斯普拉格（John T. Sprague）认为爱迪生在"空谈"："不论他是爱迪生，或是别人，他总不能超越那些公认的自然法则。他说用一根电线能给你送来电光、电力和电热，这决不能成为事实。"而曾参与发明第一个实用工业发电机的法国电气工程师伊波利特·方丹（Hippolyte Fontaine，出生时的法文名是François-Hypolite Fontaine——弗朗索瓦－伊波利特·方丹，1833—1910），也在《电光学》一书中说："电灯分路是不可能成功的，因为当灯丝达到白炽状态时，炭质就会裂碎，所以无法制造小型的电灯。"有的还说："连数学都不懂的爱迪生，竟然想解决为世界学者所苦恼的问题，真可谓愚不可及。"不过，当爱迪生听到这些悲观调论时却很乐观："我很愿意相信人家的指责，因为它能把冷酷的事实说出来，因为它能鼓励大家讨论，而这经常是有益的。"

乐观归乐观，另一个问题——白炽电灯中的灯丝材料问题，却一直是爱迪生的心病。为此，他试验了1 600多种耐热材料，以及采集的14 000多种植物纤维中的6 000多种。1878年的一天，爱迪生

实验室里的斯旺

同往常一样，在各种资料上为灯丝材料"大海捞针"。突然，《科学美国人》杂志上的一篇文章把他吸引住了。原来，这是一篇关于发明炭化灯丝白炽灯方面的文章，作者是英国物理学家、化学家——在1904年被英国国

王（1901—1910 在位）爱德华七世（1841—1910）封为爵士的皇家学会会员约瑟夫·威尔森·斯旺（1828—1914）。斯旺被公认为是和爱迪生各自独立发明白炽灯（1878 年获得硝酸纤维素纤维白炽灯的专利，比爱迪生获得的碳丝白炽灯专利早 1 年多），以及在世界上首先把白炽灯投入公用照明系统的发明家：1881 年初，这个系统为伦敦的住宅、萨沃伊剧院（Savoy Theatre，用 88.3 千瓦的发电机对大约 1 200 个白炽灯供电）等场所提供照明；而爱迪生的白炽灯照明系统投入公用是在 1882 年，地点是布尔诺（Brno，今属捷克共和国）的马亨剧院（Mahen Theatre）。

第一个让发明家本人以外的住宅享受白炽灯的，也是斯旺。1880 年 12 月，斯旺亲自监督给他的朋友、英国著名的科学家、发明家（例如父母液压起重机）和慈善家——"工业大亨"威廉·乔治·阿姆斯特朗（1810—1900）男爵位于诺森伯兰郡（Northumberland）罗斯伯里（Rothbury）镇附近的克拉格塞德（Cragside）的豪宅昂德希尔（Underhill）装上了白炽灯。

阿姆斯特朗

爱迪生偶然读到这篇文章之后，大受启发，也萌生用碳丝做灯丝的想法。经过一年多努力，终于 1879 年 10 月 21 日（一说 22 日），制成一盏能连续点亮 45 小时（另有 40 小时、13.5 小时等说法）的碳丝白炽灯。虽然经过改进之后，在 1882 年初春才研制成第一批寿命上千小时的实用白炽灯，但是人们仍然把 1879 年 10 月 21 日这一天当作电灯的诞生之日。不过，此时的白炽灯的光通量仅为 1.4 流明 / 瓦。此外，爱迪生还建造了一套功率较大的、廉价的实用供电系统和发电厂。从此，电灯开始走进千家万户。这种白炽灯在 1880 年 1 月 27 日被授予号码为"223898"的美国专利。

当然，爱迪生发明电灯的念头，早在童年时代就开始了——他不忍心看到邻居家的小姑娘在摇曳的昏暗烛光下看书。

那么，斯旺又是怎么发明出世界上第一只炭化灯丝的电灯的呢？原来，这也是他"看书"得到启发的结果。

1845年，年仅16岁的斯旺偶然看到一份美国发明家约翰·惠灵顿·斯塔尔（约1822—1846）在同年注册的、关于制造电灯的美国专利文献，阅读之后大为振奋，并由此产生了制造白炽灯的想法。到了1860年，他就制成了一只碳丝白炽灯。不过，他的这只白炽灯还没有达到实用水平。斯旺把他的这一发明写成文章，发表在美国的《科学美国人》杂志上，后来就被爱迪生偶然读到了。

由此可见，最初是斯塔尔的文献给斯旺以启示；斯旺的文章又给爱迪生以借鉴，才使爱迪生戴上了成功的桂冠！

白炽灯的发明，被列为"改变世界面貌的九项专利"之一（名列第五）。自从它问世以后，100多年来一直给人类带来光明和幸福。

斯旺也不断改进他的碳丝白炽灯。1878年12月18日，他在英国泰恩河畔的纽卡斯尔市化学协会会议上，展示过一种经酸处理过的碳化棉丝白炽灯，后来经过改进，在1882年也投入大批量生产。由此可见，他和爱迪生几乎是在同一时期各自独立发明碳丝白炽灯的。所以，当时他俩曾互相指责对方侵犯自己的发明权，也就不足为奇了。但是，争论持续到1889年10月6日还是结束了，而这两位发明家在此前的1883年就达成了谅解，乐意建立合资公司。

不过，白炽灯的发明权的另一场官司还是无法避免——爱迪生电灯公司与美国电灯公司旷日持久的"二雄争霸"。

2002年，在美国的一所民宅的阁楼上，发现了爱迪生最早制作的23只白炽灯（灯丝都是炭化的竹丝）。科技仪器专家劳伦斯·菲舍尔发现的这些老

蓝色匾牌：纪念斯旺发明白炽灯，昂德希尔是世界上第一个安装了这种电灯的房子

灯泡，被收藏在一个不起眼的木箱内，保存完好。它们于 2006 年 12 月在英国克里斯蒂拍卖行的"科技丰碑拍卖会"上拍卖，标价 30 万英镑。1890 年，爱迪生曾带着这 23 只灯泡到英国去打白炽灯发明权的官司。同年 7 月 8 日，当他的助手约翰·豪威尔以胜利者的口吻对着这个木箱说了"我在这里展示一下这些电灯"之后，爱迪生的电灯泡专利地位被确立。爱迪生打赢官司之后，这一专利归新成立的通用电气（General Electric）公司所有。

23 只白炽灯之一

当然，人类对电照明灯具的改进，比斯旺和爱迪生都早得多——自从 1800 年意大利物理学家伏特（1745—1827）发明电池后，许多科学家都企图用电照明。

最先研究的是电弧灯。例如，1821 年，英国化学家汉弗莱·戴维（1778—1829）就曾把 2 000 个伏打电池串联起来，产生 10 厘米长的电弧，用弧光照明。不过，最先研制电弧光灯（以两根碳棒分别做电极）的却是俄国物理学家、发明家彼德罗夫（1761—1834）教授——他在 1802 年就发明了电弧光灯。到了 19 世纪 50 年代，电弧灯几经改进后，已广泛用于灯塔、剧院、车站等场所的照明。特别是俄国电气工程师、发明家（他是变压器的发明者之一，1876 年）帕维尔·尼古拉耶维奇·雅布洛奇科夫（1847—1894），在 1876 年对电弧灯改进（例如用绝缘的熟石膏隔开碳棒电极）之后制成的"电烛"（"雅布洛奇科夫电烛"——Yablochkov Candle），很受欢迎。曾经，几万盏电烛为巴黎照明，其中 1777 年 10 月在罗浮宫安装了 6 盏（首次公开使用），1878 年 2 月在巴黎歌

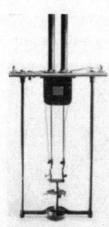

"电烛"：在巴黎街道上取代几万盏煤气灯

48

剧院大道（Avenue de l'Opéra）长 800 米的一段安装了 64 盏。此外，伦敦的剧场、柬埔寨王宫都曾一度闪耀过电烛的光彩。电弧灯的出现，是照明史上的第一个里程碑。

不过，电弧灯使用不便（因碳棒之间的距离要不断调整）、耗电大、成本高、寿命短（因碳棒极易损耗）、太刺眼，加之发出有害的紫外线和气体，无法走入千万家庭。于是，各种在后来淘汰了电弧灯的白炽灯的研制，也在同步进行。1820 年，G. 德拉律开始以铂作灯丝制作白炽灯，英国人摩雷还于 1841 年取得过这种白炽灯的专利。但是，铂的价格昂贵，熔点较低，白热的时候依然发光不足，所以实用价值不大。

于是，人们将灯丝材料转向价廉、易得、熔点高的碳，并将其置于真空之中，以减小碳的损耗。1858 年，比利时人若巴尔就提出把碳放在真空中通电，使它生热发光的设想。1845 年和 1852 年，英国曾给碳丝白炽灯颁发过专利。此外，德国技师海因里希·格贝尔（1818—1893）、出生在俄国的美国发明家亚历山大·尼古拉耶维奇·罗德金（1847—1923），以及霍津斯基、弗洛连索夫、科恩等也做过许多研究，有的还取得了专利，但都没有达到实用价值——直到斯旺和爱迪生的突破。

由于白炽灯采用的碳丝容易折断，所以在 19 世纪末，人们又将灯丝材料转向熔点高的金属如锇、钽等。1887 年，奥地利（当时属于奥匈帝国）化学家卡尔·奥尔·冯·韦尔斯巴赫（1858—1929）男爵制成了锇丝白炽灯，并于 1898 年成批生产。取代碳丝白炽灯的钽丝白炽灯，也于 1905 年问世；它是德国化学家、材料科学家维尔纳·冯·博尔顿（1868—1912）与奥托·费耶尔里

雅布洛奇科夫和他发明的电烛

恩（Otto Feuerlien）在 1902 年首先研制成功
的，光通量提高到了 5 流明／瓦。1909—1910
年，爱迪生原来的助手、美国发明家威廉·戴
维·库利奇（1873—1975），成功地将钨抽成
细丝并卷成单螺旋状制成韧性钨丝白炽灯，并
在 1913 年 12 月 30 日取得专利。活了 98 岁的
库利奇是一位也对 X 光机作出过重大贡献的美
国物理学家、电气工程师，曾任通用电气公司

韦尔斯巴赫

研究实验室主任。他发明的钨丝白炽灯，在热辐射发射光源史上是一
个重要的里程碑，也是照明史上的第二个里程碑。

　　1913 年，美国物理学家、化学家——独享 1932 年诺贝尔化学奖
（因为研究表面化学的成果等）的埃尔文·朗缪尔（1881—1957）把
灯泡抽空之后，制成了充氩气的白炽灯。这一发明，不仅延长了灯的
寿命，而且提高了亮度和发光效率。后来，人们还在灯泡中充填氩时
充入少量氮气，这样光照效果更得到改善。

　　1926 年，双螺旋钨丝充气白炽灯问世，这把光通量由直灯丝的
6~9 流明／瓦，提高到了约 13 流明／瓦，灯温也升到 2 700 K。这种
灯泡至今还在少数场合使用。

　　100 多年对白炽灯的改进几乎达到了极限，但仍然仅有不到
10%（最高大约 6%）的电能转化为光能。于是人们又发明了卤钨
灯——它能形成"卤钨循环"，既不耗蚀钨丝，又可将灯丝升温到
3 200 K，比白炽灯提高发光效率30%~60%。

所谓卤钨灯，是指把卤族元素充进石英制成的
灯泡内，加上低电压或高电压制作的灯具。例
如，分别采用溴、碘的低压（或高压）溴钨
灯、碘钨灯。20 世纪初之后的大半个世纪内，
不但卤钨灯花样不断翻新，而且还在卤钨灯的
基础上，更有诸如高压（或低压）钠灯等再充

库利奇

入金属元素（例如充入汞、钠混合蒸汽）的新型灯问世。例如，通用电气公司在 1962 年发明的高压钠灯（用半透明多晶氧化铝和陶瓷管做灯管，也叫金卤灯），发出金白色的光，有光通量高（可达 80 流明 / 瓦以上）、耗电少、寿命长、透雾能力强和不易锈蚀等优点，曾广泛应用于道路、机场、码头、广场、车站等场合，被称为第三代照明光源；但也有启动慢等缺点。

朗缪尔

以上白炽灯、卤钨灯和钠灯等，都属于热辐射光源，其发光机理决定了发光效率低下——大部分的电能变成了热能，只有少量电能转化为光能。于是，音译为霓虹灯的氖灯（neon light）应运而生。

根据气体在高电压下会放电的原理，在灯管内充上稀薄的氖气，法国发明家、工程师乔治·克劳德（1870—1960）在 1909 年发明了霓虹灯，但起初只发一种光——红光。他的灵感来自盖斯勒管——由德国发明家（当初是技艺精湛的吹玻璃的工人）海因里希·盖斯勒（1814—1879）在 1855 年发明的、用稀薄气体放电发光的玻璃管。

不过，最早发现玻璃管内稀薄氖（neon，元素符号 Ne，常温下是气体）会发光的，却是英国化学家威廉·拉姆赛（1852—1916）和他的助手——他俩是在 1898 年 6 月的一个夜晚，观察高电压下的氖能否导电时发现的。但是，他俩没能更进一步把它改进为霓虹灯。

几种高压钠灯

1910 年 3 月 7 日，克劳德获得了在 1909 年发明的霓虹灯的第一个法国专利，1910 年投入量产。在当时的巴黎闹市区，即使是白天，人们也会停下来用几个小时盯着第一个霓虹灯——被称为"液体火灾"（liquid fire）。其后，包括黄、白、蓝色在内

51

的各色霓虹灯走红一时，特别是用于醒目的户外广告而吸引眼球，自然不在话下。

克劳德　　　　呈"Ne"形的霓虹灯

1901 年 11 月，美国电气工程师、发明家彼得·库珀·休伊特（1861—1921）在真空灯管中充入水银（汞）和少量氩气，率先研制成功了水银灯。这项同年 9 月 17 日就获得美国 682692 号专利的发明，是日光灯的前身。

1939 年，日光灯之类的冷光源在纽约世界博览会上露面，这是照明史上的第三个里程碑。虽然它在后来逐步取代了白炽灯，但是其发光效率仍不超过百分之十几。（管式）日光灯的发明始于克劳德——1930 年，他把荧光物质涂在霓虹灯管内壁，在管内充上汞蒸气。而在 1938 年最终完成日光灯发明的，是在位于俄亥俄州勒拉公园（Nela Park）通用电气公司工程实验室工作的两位美国电气工程师、发明家乔治·英曼（1895—1972）和理查德·塞耶（1907—1992）率领的团队；被普遍视为基础专利的日光灯发明专利（美国专利号 2 259 040，申请日为 1936 年 5 月 22 日），最终在 1941 年颁发给了英曼。在纽约世界博览会（1939—1940）、旧金山金门国际博览会（1939）上展出的直径 38 毫米的这类日光灯，光通量已达到 40 流明／瓦，有大约 25% 的电能转化为光能。

目前在广泛使用的（电子）节能灯，属于日光灯类型，也向着更高发光效率（可达 60 流明／瓦）的目标前进。只不过节能灯把日光灯的电感镇流器（由铜

休伊特，带整流器的水银灯

丝绕在硅钢片上制成）改为电子镇流器（由电子元器件制成），并把灯管和镇流器紧凑地组合在一起，体积更小而已。节能灯和日光灯一样会造成严重的环境污染，最终将会被彻底淘汰。

英曼（左）与塞耶在测试日光灯

1965 年，美国孟山都（Monsanto Company）和惠普（HP）等两家司，推出了世界上第一个发光二极管（Light-Emitting Diode，简称 LED），是用磷砷化镓（GaAsP）制成的。这种 LED 的光通量约 0.1 流明 / 瓦，仅能发红光，但却是照明史上的第四个里程碑。1968 年，利用氮掺杂工艺使磷砷化镓 LED 的光通量达到了 1 流明 / 瓦，并且能够发出红、橙、黄光。1971 年，绿光 LED 诞生。经过其后二三十年的改进（例如采用导电有机材料）的 LED，已经显示出更光明的前景——在相同单位的耗电条件下，它的亮度、电光转化效率（接近 60%）和寿命（10 万小时）分别至少是普通白炽灯的 3 倍、10 倍和 100 倍，还有绿色环保等众多优点。

用有机材料制作的 OLED——有机发光二极管（Organic Light-Emitting Diode）的一大用途，是用于彩色薄壁显示器——用于电视、手机、掌上电脑、金融信息显示和机场航班动态信息显示等。

直到 LED 诞生之后接近 30 年的 1993 年，蓝光和白光 LED 却

两种节能灯

仍没有研制出来，所以，LED 的又一重大成果，是蓝光 LED 的发明。蓝光 LED 技术，来自三位日本科学家：赤崎勇（1929— ）和他的学生天野浩（1960— ），他俩在 1994 年合作完成了世界第一个高亮度的蓝色 LED；被称为"蓝光之父"的中村修二（1954，后入美国籍），他也在 1994 年独立开发出高亮度蓝光 LED 与青紫色

激光二极管。1996 年，中村修二所在的日本"日亚化学"（Nichia Chemicals）公司成功开发出白光 LED。因为上述成就，他仨荣获 2014 年诺贝尔物理学奖——赤崎勇和天野浩分享总奖金的一半，中村修二独享总奖金的另一半。

为什么说蓝光 LED 的发明是重大成果呢？他仨之前，用磷化镓（GaP）或砷化镓（GaAs）为基础材料的 LED 只有红、黄、橙、绿和黄绿色，没有蓝色，原因是"在材料结晶环节遇阻"——全世界谁都不能生产出发蓝光的氮化镓（GaN）材料，并有断言"难以在 20 世纪实现"。这还不单是"颜色品种"齐不齐全的问题，而是一个更大的问题——没有蓝光 LED，就无法用"三原色原理"合成所有的色光，以及白色照明光源、显示器等。

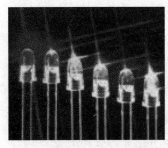

形形色色的发光二极管

请读者朋友注意，这里的"三原色原理"（也叫"三元色原理"），是指光线的合成与分解原理：几乎所有的颜色，都可以通过"三原色"（即红、绿、蓝）按照不同的比例合成产生；同样，除了"三原色"，其他单色光都可以分解成红、绿、蓝三种色光。此外，还有"类似但不尽相同的"绘画颜料的"三原色"，以及"三原色原理"：把上述"绿"换成"黄"即可。

说蓝光 LED 的发明是重大成果的另一个重要原因是：LED 灯节能、环保，长寿。以飞利浦公司等在 2016 年合作研制的新型 LED 灯为例，与白炽灯相比耗电量减少约 90%——电光转化效率可接近 60%，寿命提高到 15 倍——可达 10 万小时。于是，LED 灯在 21 世纪初被大量使用以后，在今天已经步入我们目光所及的每一个地方，包括隧道、办公室、家庭等的照明，以及相机、手电筒和手机等。诺贝尔奖评委员会说："白炽灯点亮了 20 世纪，21 世纪将由 LED 灯点亮。"其实，已成明日黄花的不只是白炽灯，还有在最近二三十年"光芒四射"的"节能灯"，更不用说比"节能灯"更早的日光灯、

赤崎勇　　　　　天野浩　　　　　中村修二

高压灯，等等。

　　说蓝光 LED 的发明是重大成果的"人气'依据'"是：1994 年 4 月，当中村修二在美国旧金山举办的春季材料会议上打开他发明的蓝色激光器那一瞬间，整个会议厅的科学家们如同小孩看烟火一般不断赞叹，随即是雷鸣般的掌声，而至今已赢得了不止"十亿个掌声"……

　　蓝光 LED 的发明和其他任何重大成果一样，都需要大胆创新，而且要持久的坚忍不拔，最好还要有具备战略眼光的机构的诸如资金等的支持，才能最后赢得"雷鸣般的掌声"。中村修二就是如此"幸运"。在日本四国岛上的德岛市内的小公司"日亚化学"里仅仅是普通职员的他，于 1988 年毛遂自荐地贸然"越级"走进了公司董事长的办公室，提出要制备氮化镓蓝光 LED，董事长当即决定资助 500 万美元的设备；在经过 5 年的 500 多次失败之后，他终于制造出了氮化镓薄膜……

　　有美国专家预测，到 2020 年，LED（特别是更高效的 OLED）技术将使美国照明用电减少一半，从而节约 1 000 亿美元/年，生产电能所造成的二氧化碳排放量也将减少近 3 000 万吨/年。

　　至今，人类对照明器具的改进还处于"学生"阶段，"老师"是萤火虫——发光效率近 100%。把几乎全部化学能转化为光能，这才是我们梦寐以求的目标。

蓝色激光器

# 发光花盆与煤油味
## ——启示发明手电筒和电炉

手电筒：里面装着小白炽灯和干电池

康拉德·赫伯特是在 19 世纪末的一位移居美国的俄国贫民。

1938 年的一天下班之后，他到一位朋友家造访，偶然发现朋友家有一个花盆，一下子就把他吸引住了。

花盆到处都有，那为什么这个花盆能吸引他呢？原来，它会发光——赫伯特要看个究竟。

赫伯特仔细一看，原来是花盆内装了一套电池、导线和灯泡。只要打开开关，灯泡就会发光，使花盆增色不少。与他的花盆相比，朋友家的花盆别具风采，他立时着了迷。

回家以后，赫伯特仍对朋友家的发光花盆念念不忘。为什么呢？原来，他经常在黑夜走路，很不方便，有时还要摔跟斗。不久以前，他还提着一盏笨重的油灯到地下室去找东西，油灯还被风吹熄过呢！想到这里，他受到发光花盆的启示：如果用类似的方法制作一个用电的灯具，黑暗时照明不是很方便么？

就这样，赫伯特仿照发光花盆的原理，把电池放在一个空管内，装上小白炽灯泡和开关。这就是世界上第一只手电筒（flashlight，寓意"短暂的灯"）——后来"百花齐放"的手电筒的祖先。

不过，采用干电池，上述基于"白炽灯丝发光"原理的第一代手电筒已经被淘汰。取代它的是第二代，（例如）采用氙气灯泡加碱性电池，灯泡寿命更长，电池续航时间更长。而在最近十来年，取代它的是第三代，采用发光二极管（LED）加可重复充电的电池。

电炉的发明，也得益于一次偶然事件。

休斯在美国明尼苏达大学新闻系毕业后，在一家报馆任记者。

一天，休斯写了一篇文章，揭露一个大富翁的私生活丑闻，得罪了这家报馆的负责人——这家报馆是这个大富翁资助的。于是，处境不妙的休斯在约 1900 年毅然辞去记者的职务，决心另谋出路——在电器业上搞出发明。

那个时候，美国的电力工业正在崛起，电器业也随之开始崭露头角。由于休斯的电器知识不足，所以他不知道该从哪里下手。

LED 手电筒，采用可重复充电的电池

在一个星期天，休斯应邀到一个朋友家做客，吃饭的时候，他突然发觉菜里有一股很浓的煤油味。休斯感到难吃，但碍于情面和礼貌，只好紧皱着眉头把菜吃了下去。

当然，休斯的朋友和朋友的妻子也吃出味道不对，都感到尴尬。寻找原因，结果是由于用煤油炉烧菜的时候，不小心把煤油滴到菜里去了。

这偶然发生的事启发了休斯的思路："民以食为天"，如果我能发明出一种用电的炉子，不是又省事，又能避免使用煤油炉易污染食物的缺点么？

从此，休斯开始了家用电炉的研究发明。他反复试验，不知失败了多少次，起初的两年时间里，他没有休息过一天。

1904 年，休斯的电炉终于研究成功了。经过他大力宣传、示范表演以及讲信誉的销售服务，电炉逐渐成了大众喜欢的灶具。后来，休斯又在芝加哥设立了"休斯电气公司",继续推出了电锅、电壶等家用电器,也很受大众欢迎。休斯电气公司逐渐成了驰名世界的大公司。

工业上实用的电炉是德国大发明家维尔纳·西门子(1816—1892)的弟弟、德国技师威廉·西门子(1822—1883)发明的,但当初还不适于炼钢,后来几经改进,才发展成为能炼钢的电炉。1899年,瑞典技师克基林(1872—1910)试制成功了感应电炉。1900年,发明电解熔盐制铝法的法国化学家保尔·路易·托圣特·赫洛特(1863—1914),发明了电弧炉。

曾用于生活、医疗等领域的电炉

从手电筒和电炉的发明可以看出,科学创造和技术发明并不神秘——只要我们当赫伯特和休斯那样的有心人。

# 当代的"杨任慧眼"
## ——雷达的发明

"土行孙，你往哪里逃！"这是《封神演义》中的杨任的一声大叫。

罗伯特·沃森·瓦特

杨任的两只眼睛被暴君挖瞎以后，由于吃了神仙的药，长出了两只各有一只"慧眼"的手。凭借这双慧眼，他能看到地底下和遥远的天上的一切，连能在土中行走如飞的土行孙也"尽收眼底"。同样慧眼，在《西游记》中二郎神杨戬的眉心也长了一只，所以能识破孙悟空的72变，最终把美猴王"擒拿归案"。

那么，在现实中真有这样的"神话慧眼"吗？

第二次世界大战前夕，包括英国在内的欧洲各国面临法西斯德国侵略的危险。英国迫切需要一种能提早发现德国飞机入侵的方法和能高效消灭敌人的武器。"死光"——波长很短的电磁波，当时人们就知道它对人体有一定的伤害作用，设想用它来提早发现敌机也是有可能的。

1935年1月，英国物理学家和雷达技术专家罗伯特·沃森·瓦特（1892—1973）担任英国皇家无线电研究所所长，奉命完成上述任务。

沃森·瓦特组建了一个特别小组，在欧洲和美国等地用电磁波试制探测飞机装置的基础上，日夜攻关。几天后，试验的仪器设备基本准备齐全，于是他全力以赴进行试验。然而，几天下来一无所获——无法捕捉飞行中的目标飞机，更不能对"敌人"产生致命的伤害。

赫兹发射电磁波搜寻目标

正在大家心灰意冷之时，突然，沃森·瓦特被荧光屏上图像中的一连串亮点吸引住了。开始，他以为是长时间观察使眼睛发花了。于是他揉了揉眼睛，再仔细一看，这串亮点依然在荧光屏上。那么，这串亮点是什么呢？

沃森·瓦特马上组织人员进行调查，检查试验室周围当时是否有人在使用电器一类的东西。调查人员挨家挨户查询，却没有发现任何人在此时使用过电器。"真奇怪，实验室里也只有我开动的这部仪器在做试验，并不会出现相互干扰的电波。那么是什么原因引起这些亮点的出现呢？真让人百思不得其解。"他真有点丈二和尚——摸不着头脑了。经过一阵思索，最后他自我思忖："莫非这些亮点是被某种物体反射回来的无线电波信号？"

怀着满腹疑团的沃森·瓦特，没有轻易放过这个偶然发现的现象，继续着手进行一系列的试验。功夫不负有心人。他终于发现，这些亮点原来是试验时所发射出去又被实验室附近一幢高楼反射回来的无线电回波信号。

不过，沃森·瓦特并不因此而感到心满意足。"既然高楼大厦能反射电波，并在荧光屏上显示出图像，那么，正在空中飞行的飞机是不是也能反射电波，从而在荧光屏上被观测到呢？"他苦苦思索着……

就这样，从错误的"死光"出发，试验地点又偶然设在正好能接收到那座建筑物回波的地方——雷达就这样诞生了。

当然，沃森·瓦特能发明雷达，并不只是"偶然天成"。1932年2月，他就提出了《采用无线电方法探测飞机》的秘密备忘录，并在当年研制成功了探测距离达到80千米的米波防空雷达。

沃森·瓦特研制成功的第一部电磁波的机载探测雷达装置（即CH系统），使用的波长为1.5厘米，已能探测到90千米外的飞机，于1935年正式投入使用，安装在"诺曼底"号定期航班轮船上，所以一般将雷达的诞生时间确定在1935年。1938年，在他的主持下，由政府拨出巨款，在英国东海岸建立了第一个防空雷达网，后来又建立了第二个。这些雷达网在1940年击败德寇的空袭中立了大功，因此，雷达（另一说是农药DDT）和原子弹、青霉素一起，被称为第二次世界大战中的"三大发明"。

不过，在奇怪而昼夜不停地转动的雷达天线面前，当地人产生了恐惧和猜疑。他们认为病的或死的羊和牛，甚至汽车轮胎"放炮"，都是雷达惹的祸，所以说雷达是"杀人光线"，还到国家司法部门上诉。由此可见新生事物的成长充满曲折。

后来，美国人福斯和达克将雷达所具有发现目标和确定位置两项功能合在一起，取名为"无线电探测和定位"（Radio Detection and Ranging），并将第一个词的词头和其他词的第一个字母组成一个新词"Radar"（音译"雷达"）。

1940年，美国海军部正式将雷达命名为"无线电定位"。这一名称准确地表达了雷达的含义——它是用发射无线电波的方法来确定目标的位置的。

不过，雷达的研究却不是从沃森·瓦特开始的。

1887年，德国物理学家赫兹（1857—1894）就发现了金属会反射电磁波的现象。

俄国发明家波波夫（1859—1906）自从1894

赫兹　　　　　　波波夫

 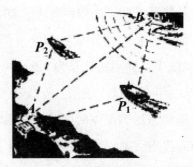

在 $P_0$ 的船会挡住 $AB$ 之间的电波　　在 $P_1$（或 $P_2$）的船会使电波"拍频"

年制成了他的无线电接收机以后，就一直在致力于增大通信距离的各种实验。1897 年夏，他和雷布金分别在巡洋舰"阿非利加"号和教练舰"欧罗巴"号上进行无线电通信联络的试验，其最大通信距离达到 5 千米。在试验过程中，他们偶然发现，每当"依利英中尉"号巡洋舰在上述两艘试验船之间经过的时候，通信就要中断。这是什么原因呢？波波夫经过分析认为，因为"依利英中尉"号是一个金属体，能反射电磁波，挡住了信号。他还预见到这一偶然发现有可能产生重大实用价值，把它报告给了喀琅施塔得港海军司令部。可惜的是，他的报告没有得到重视而被埋没。

1900 年，出生在克罗地亚的美国物理学家特斯拉（1856—1943），就建议利用电磁波的反射现象设计雷达测试仪。1904 年德国发明家克里斯蒂安·许尔斯迈尔（1881—1957）还为第一台雷达测试仪申请了专利，但因技术条件的限制，且工业部门兴趣不大，只得暂停研究。奥地利的维勒，也遭受了相同的命运。

1922 年秋，美国年轻海军军官勒奥·杨格（1891—1981）和他的上司阿尔伯特·霍伊特·泰勒（1879—1961）在华盛顿附近阿纳苏斯底亚河边的无线电通信中，也发现了类似的现象：①行驶到 $P_0$ 的船，会挡住 $AB$ 之间电波的传播；②船行驶到 $P_1$（或 $P_2$）的时候，$AB$ 之间会出现"拍频"——电波会时强时弱。拍频（现象）是指接收到的电波时强时弱的现象——由接收到直接传来的和经过船身反射来的两个电波发生干扰引起。与波波夫试验的目的有所不同，他们想利用无线电通信试验，来发现企图借助于黑夜或迷雾混入己方舰队进行偷袭的舰只。他们的想法得到当局的支持，并进行了一系列实验。通过用无线电来发现目标物体的设想，促进了雷达的研制。

1925 年，美国人布里特和土夫，用无线电波探测到离地 80 千米的电离层反射的信号。

…………

1941 年英、美联合研制出脉冲功率为 10 千瓦的磁控管，为雷达提供了微波功率源。其后，又出现了相控阵雷达、超视距雷达、激光雷达和毫米波雷达等。后来种类繁多的军用、科研和民用（包括气象用）雷达相继诞生。

1985 年，美国得克萨斯仪器公司研制成世界上第一部"单片雷达"。这是雷达发展史上的一个里程碑，其意义可与集成电路的发明相媲美：不但使相控雷达可以"挤进"飞机内部，还能适应机体形状，而不必非得做成抛物面状。

除了按安放位置和用途分类，还可按雷达使用的波长分为米波、分米波、厘米波和毫米波等雷达。此外，还可按雷达所采用的技术体制分为圆锥扫描、单脉冲、脉冲压缩、脉冲多普勒等多种雷达。

当代的"杨任慧眼"——雷达，被誉为"千里眼"，在各个领域发挥着巨大的作用。

近年，中国在雷达领域已有长足的进步。例如，中国科学院院士刘盛纲（1933— ）的团队，在 2018 年研制出世界上第一种双波段回旋行波管，可让大功率毫米波雷达和电子干扰系统在多个毫米波频段同时工作，领先其他国家大约 5 年。

无线电子扫描雷达

# 烟灰掉进坩埚之后
## ——新型电池这样诞生

原来的一种化学电池有铜、银两个电极，其间是像盐这类电解质。它的缺点是，电解质有腐蚀作用，电流小、不稳定。

现代干电池

20世纪30年代末，美国发明家伯特·亚当斯决心改进这种电池。他设想不用电解质作介质，就可以消除这些缺点。当他试用镁、氯化铜、水分别作阳极、阴极和介质进行试验之后，虽然的确产生了电流，但电流仍然太小。

虽然试验失败了，但是亚当斯仍然顽强地坚持着。他是一个烟瘾很大的人，总是烟卷不离手，烟灰不断洒落在地上——即使在搞试验的时候，也是如此。

一天夜晚，亚当斯坐在家里的旧椅子上，注视着火炉上的坩埚。坩埚中的混合物发出一股呛人的怪味——又一锅氯化铜要炼好了。可正在这时，他手中烟卷上长长的烟灰落到了坩埚里。"糟了，弄脏了！"亚当斯心想。

亚当斯无可奈何，只好怀着侥幸心理同往常一样做好电极，并把它装到捡来的婴儿罐头盒中。当他把自己的土电池加上水，接通电路，串联上电流表之后，突然电流表的指针猛地大幅度跳了起来——盼望已久的大电流终于出现了。

"得到了！得到了！"亚当斯用力摇醒妻子，以致妻子艾玛以为他被烫着了。

　　亚当斯事后分析，是烟灰中含的碳产生了作用。于是，他夜以继日地不断在合金中加入各种含碳的物质进行试验——包括木炭、硬煤，甚至食用糖。每天夜里，艾玛经常被几个在黑暗里闪烁的灯泡和慌忙起身的亚当斯吵醒。最后，这种水介质电池终于成功了，输出电流也很稳定。大约在1940年，亚当斯申请并取得了美国专利。

　　不幸的是，在第二次世界大战中，美国政府擅自利用亚当斯的发明，同很多公司签订了合同，生产了100多万只这种电池，将其用于气象、侦察气球和飞行员的救生装置。贫困的亚当斯不仅一文未得，且对此一无所知。1953年，亚当斯知道这一侵权行为后怒不可遏，终于在1960年向当时专门受理控告政府侵权案件的克雷姆法院起诉，控告政府侵权。1966年，最高法院判决亚当斯胜诉。美国政府为亚当斯支付了250万美元的赔偿费。

　　1800年3月20日，意大利物理学家伏特（1745—1827）写信给英国皇家学会会长、数学家约瑟夫·班克斯（1743—1820）爵士，宣布他制成了可以提供不会衰降的电荷及无穷能力的一种"仪器"。这种"仪器"，就是世界上最早的电池——著名的伏特（伏打）电池。他也因此在1803年当选为法国巴黎科学院的外籍院士。因为此前创立了这种电池的理论——电的"接触说"，他还在1791年被选为英国皇家学会的国外会员，并在1794年荣获皇家学会的普利策奖。从此，种类繁多的电池，就开始为我们提供着"无穷的电能"。

# 地磁为何异常

## ——大铁矿是这样发现的

　　我们知道，地球像一块大磁铁，有很弱的磁场——表面的磁场仅约为两万分之一特斯拉；北磁极在地理南极附近，南磁极在地理北极附近。所以磁针都指向南北。

　　1874 年，俄国科学家斯米尔诺夫在俄国库尔茨克地区偶然发现了一个奇怪的现象：他的磁针不"循规蹈矩"——并没有指向南北！这种情况，叫"地磁异常"。

　　是什么原因使地磁异常呢？斯米尔诺夫进行了分析，磁针之所以"不指向南北"，一定是受到了比地磁力更强的磁力。那这个更强的磁力是从哪里来的呢？他测量了这个地区以外的地方，结果没有发现类似的地磁异常现象。于是，他果断地作出猜测：这个地区有可能存在着巨大的天然磁铁，其磁力比地磁更强，这预示着地下可能存在着

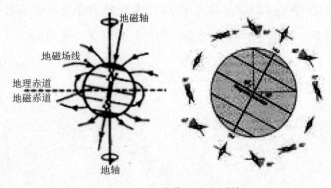

地球像一块大磁铁

巨大的磁铁矿。不过，鉴于当时的条件不成熟，这一铁矿没能发现。

伟大的十月革命之后，苏维埃政权诞生。根据上述史料，列宁在1919年指示对这个地区进行地球物理勘探。1923年，第一个钻孔在163米深处，就找到了巨大的铁矿。此事对地球物理勘探方法的迅速发展起了重要的推动作用。

地磁的起源和地磁磁极在历史上曾多次颠倒的问题中，有许多谜团。在历经多种失败的学说之后，于1996年上半年有了一个较为圆满的谜底。美国新墨西哥州洛斯阿·拉莫斯国立实验所的加里·格拉茨迈尔和洛杉矶加利福尼亚大学的保罗·罗伯茨，在进行了长期而复杂的计算机模拟实验研究后得知，以岩石和坚固金属为核心的地球3 000~5 000千米深处有一个很厚的液体金属层，这一金属层绕着地心转，但转速很慢，低于地球自转的速度。这一转动的液体金属层形成了一个环形电流，所以形成地球磁场。研究人员在用计算机进行了3个月的计算后还惊喜地发现，模拟的地球磁场南北还会颠倒过来，这与地球磁场的换向不谋而合。地球磁场的换向周期很不稳定，一般为4万~100万年，最近一次换向是在77.5万年以前。他们对换向原因的解释是，坚固的核心和它周围的液体层是两块相对的磁石，但随着搅动液体磁石的对流力的变化，液体磁石就会倒换，即南北极颠倒。虽然以上学说仍需实践证实和检验，但比以前的几种学说都要成熟得多。

以前几种不成熟的学说：

（1）"地心磁体说"。认为地核和地幔内存在一个天然磁体，所以地球有磁场。由于地核和地幔的温度都很高（地核界面约2 400 K，100千米深处的地幔约1 500 K），大大超过了铁和镍的居里点（分别约1 043 K和631 K），所以这一假说不能成立。

詹姆斯·范·艾伦

（2）"导电球磁体说"。由于探空火箭发现靠近地表有一径向电场，电场方向向下，所以地球表面带负电荷（计算值约 $5 \times 10^5$ 库仑），地球外导电层带正电荷，其间以厚约 50 千米的不良导电层隔开。由于地球自转形成自东向西的环形电流，和外导电层正电荷随地球自转而产生的环形电流都形成磁场，其总和就是地球磁场。计算表明，这两个磁场都比实际地磁场弱得可忽略不计：实际地磁场约 $5 \times 10^{-5}$ 特斯拉；地球环形电流磁场约 $10^{-13}$ 特斯拉，外导电层环形电流磁场也微不足道。

（3）"太阳风感生电流磁场说"。1958 年，美国太空物理学家詹姆斯·弗里德里希·范·艾伦（1914—2006）领导的研究小组宣布，"探险者"号和"先锋"号卫星发现了地面上空的两条宽大辐射带——当时称"范·艾伦辐射带"。后来的卫星证实，实际只有一条辐射带——此后称为"磁层"。由于太阳风中的高能带电粒子（主要是质子和电子）高速进入磁层，会受到洛仑兹力而偏转，在磁层顶部形成电流，其方向与地球自转方向相同。这一电流在地球表面产生的磁感应强度就是地磁场。由于太阳风会因面对太阳或背离太阳而变，因而地磁场也会变化，但实际地磁场却保持相对恒定，所以这一假说也没有根本解决地磁起源问题。

（4）"自激发电机说"。认为地球基本上是一个导电流体球，地核中原来就存在像银河中某处存在的那种弱磁场，液态地核中持续发生差异运动或对流；按磁流体力学规律，地核物质和上述弱磁场相互作用，引起自激发电机效应，使原弱磁场加强而形成地球磁场。但这种假说未经证实，也不能解释地磁南北磁极会颠倒的变化。

天空并不空：各种辐射和太空垃圾

地球磁场的磁极颠倒的原因

是什么？这也是 1997 年第 5 期（内页误为 4 期）中国《自然杂志》中说的当今世界 97 个物理难题中的第 17 个难题。

　　1996 年 9 月 18 日，中国的《参考消息》登载了日本文部省核聚变研究所一个研究小组负责人佐藤哲也的研究成果：他们用电子计算机模拟实验表明，地球是由最深部的高温铁块——内核（热源）及其外部流动的铁等构成的外核（流动体）构成；热源的热变成能源，在外壳形成几个柱状等离子旋涡，复杂的运动产生电流，从而形成地球磁场。这与前述美国格拉茨迈尔等关于地球形成原因的说法有一些相似之处。

# 山顶 "佛光" 的启示
## ——威尔森发明云室

"啊！'佛光'，快看！"

在世界各地的许多名山，都可以看到"佛光"——如果你"运气好"的话。

在涅维斯山上，一位学者就看到了"佛光"，并由此引出一项物理学上的重大发明。

威尔森

这位学者，就是英国物理学家查尔斯·汤姆森·里斯·威尔森（1869—1959）；这项重大发明，就是云室。

威尔森出生在苏格兰的格林科尔斯，15 岁的时候在欧文斯学院学习地质学、植物学和动物学。19 岁进入剑桥大学当物理学和化学的研究生，23 岁毕业后就在卡文迪许实验室工作，主要研究原子物理。他当过物理教师和演员，特殊的业余爱好是气象观测。

1894 年暑假的一天，威尔森一行登上了涅维斯山，进行气象观测，为山上的气象台解决难题。"啊！'佛光'，快看！"原来，他登上山顶之后，就偶然看到太阳照耀在山顶的云雾层上，产生了一个光环——所谓的"佛光"。这使他觉得很奇怪：如果没有阳光，看不到光环；如果没有云雾，只有阳光，也看不到光环。为什么"看不见"的阳光会在云雾中形成"看得见"的光环呢？经过分析，他得知，这是由于"看不见"的光遇上云雾这些微粒的缘故。他由此联想：在原子物理中，一些小的微粒看不见，如果遇上"云雾"这些微粒不就可以看得见了么？这给他研制云室以极大的启迪。

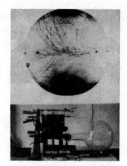

威尔森改进过的云室

1895 年，他曾采用爱特肯（J.Aitkin）的方法，让潮湿空气膨胀，制造人工云雾。他在实验中发现，爱特肯有一个经验不符合事实——当空气中没有尘埃的时候，不产生云雾。而威尔森得到的实验事实是：如果气体膨胀比足够大，也可能出现云雾。显然，在尘埃完全清除的密室中，一定还有别的凝结核心——他想到可能是出现了某种带电的原子。

不久以后，英国物理学家约瑟夫·约翰·汤姆森（1856—1940）和卢瑟福（1871—1937）研究 X 光的电离作用，提出了气体的电离理论。威尔森用他还不成熟的云室方法，对这一理论进行验证。他用 X 光照射云室，可使原来在膨胀时没有液粒产生的云室，立即产生了看得见的云雾，从而进一步肯定这是电离作用的结果。同时，卡文迪许实验室的同事们也认识到这种方法可以用来显示射线。

在机械师的帮助下，威尔森不断研究和改进，终于 1911 年在云室的照片中找到了 α、β 粒子和电子的径迹，宣告云室正式诞生。

云室又称云雾室，是威尔森云室或威尔森云雾室的简称。它的工作原理是，云室内贮有清洁的空气、饱和的水及酒精（或乙醚）蒸汽，将云室里的活塞迅速下压的时候，室内气体体积骤胀而温度降低，室内的蒸汽由饱和变为过饱和，这时如果有射线粒子从中经过，就使气体分子电离而形成以这些离子为核心的雾迹。这一雾迹，就是粒子运动的轨迹。这样，"看不见"的粒子运动的轨迹就"看得见"了。此外，还可以通过观测云室中粒子轨迹的不同形状、长短和粗细，来区分出 α、β、γ 三种不同性质的粒子。

因为发明了云室这一探测微观粒子的重要仪器，威尔森成了 1927 年诺贝尔物理学奖的两位得主之一。云室的重要性，很快就显现出来。例如，在 1932 年，英国物理学家查德威克（1891—1974）就用它发现了中子，并因此独享 1935 年的诺贝尔物理学奖。云室这个重大发明的应用成果不胜枚举——至今仍然是一般原子物理学实验的重要仪器。

除了云室，探测微观粒子的仪器还包括：①英国物理学家克鲁克斯（1832—1919）在 1903 年制成的闪烁镜；②德国物理学家盖革（1882—1945）在 1907 年发明的盖革计数器；③英国物理学家阿斯通（1877—1945）协助约瑟夫·约翰·汤姆森在 1919 年完成的质谱仪；④苏联物理学家切连科夫（1904—1990）在 1934 年创制的切连科夫计数器；⑤美国物理学家、神经生物学家、1960 年诺贝尔物理学奖的唯一得主格拉塞尔（1926—2013）在 1952 年创建的液氢气泡室；⑥日本物理学家福井崇时（Shuji Fuku，1923— ）和宫本重德（Sigenori Miyamoto，1931— ）在 1959 年研制的火花室；⑦出生在波兰的法国物理学家、1992 年诺贝尔物理学奖的唯一得主夏帕克（1924—2010），在火花室的基础上，于 1968 年发明的多丝正比室。

大自然常常给我们以启示和灵感，机会人人均等。要从中做出发明和发现，关键在于要做"有心人"——像威尔森那样。

照明光束　　　　　　　　放射源

活塞

现代实验室用的云雾室

# 破获"能量失窃案"之后
## ——中微子的发现

"啊！能量怎么变少了呢？如果真是这样，那它到哪里去了呢……"一个物理学家迷惑不解。

查德威克

是啊，能量为什么"不守恒"呢？这个物理学家是谁，又怎么遇到这么"倒霉"的事呢？

1898年，英国物理学家卢瑟福（1871—1937）发现了 β 射线。β 射线是高速运动的电子流。一种原子核在放出 β 射线而衰变成另一种原子核的过程叫"β 衰变"。

1914年，英国物理学家查德威克（1891—1974）在研究放射性物质的时候，偶然发现一个奇怪的现象：α 射线和 γ 射线的能谱是分立的，而且 α 衰变和 γ 衰变中发射的粒子带走的能量正好与原子核初态与末态的能量差相等；但是，β 射线的能谱线却有明显的不同，是连续的而不是分立的，而且衰变中发射的电子带走的能量竟小于初态与末态的能量差！那么，相差的这一部分能量被哪个"小偷"偷去了呢？他迷惑不解，于是就出现了故事开头的疑问。

物理学家们对这一"能量失窃案"进行了探讨，提出了不同的见解。例如，奥地利女物理学家迈特纳（1878—1968）曾认为，β 射线通过原子核的强电场时会辐射一部分能量。1927年，埃利斯（C. D. Ellis）和伍斯特（W. A. Wooster）为了验证这部分能量损失，设计了一个精巧的实验：把放射性物质发出的全部 β 射线都吸收到一块铅板中，然后精确地测量所产生的热量。结果，并没有测到任何能量损失。这一结果曾促使丹麦物理学家玻尔（1885—1962）对能量守恒这一金科玉律产生动摇，认为有可能能量守恒定律只是在统计意义上成立，而对每一次核衰变却并不一定成立。

泡利

但是，就在玻尔领导下的这个世界著名的哥本哈根物理研究所里，却有一位不相信在自然界中唯独 β 衰变过程能量不守恒的"大批评家"——奥地利物理学家沃尔夫冈·泡利（1900—1958）。对这一"能量失窃案"，他在 1930 年提出了一个假说："在 β 衰变过程中，伴随每一个电子有一个轻的中性粒子（称之为'中子'）一起被发射出来，使'中子'和电子的能量之和为常量，才能解释连续 β 谱。"这里泡利所说的"中子"，实际上是后来所说的"中微子" $\nu$（neutrinos）。他还指出：这种中微子的速度不同于光子，质量很小，穿透力极强，因此很难探测到。这就是著名的"中微子假说"。

泡利提出中微子假说之后，不少人持怀疑态度，特别是他的同事们认为他是在"倒算账"：β 衰变前后能量"不守恒"，就杜撰出一个粒子，它带走的能量恰好能填补能量差上的缺额，这太玄了。但是，中微子假说传到意大利之后，出生在意大利的美国物理学家费米

费米

（1901—1954）不但能接受它，而且还在 1954 年进一步提出弱相互作用的 β 衰变理论，使泡利的假说成为定量的中微子假说。"中微子"这一名称，就是费米根据其同事的建议对泡利"中子"的戏称。

费米认为，电子和中微子是在

β 衰变中产生的。β⁻ 衰变的本质是核内的一个中子变为质子，而 β⁺ 衰变则是一个质子变为中子。中子和质子可看成核子的两个不同状态。因此中子和质子之间的转变相当于从一个量子态跃迁到另一量子态，在跃迁过程中

汉斯·贝特　　　吉安·卡洛·维克

放出电子和中微子，它们并不存在于核内。导致产生电子和中微子的，是一种新的相互作用，称弱作用——和导致产生光子的电磁相互作用不同。

1934 年，约里奥·居里夫妇发现了放射正电子的人工放射性，这就是 β⁺ 衰变。接着，出生在德国的美国物理学家汉斯·贝特（1906—2005）和出生在意大利的美国物理学家费米的助理吉安·卡洛·维克（1909—1992），又分别根据费米的理论，预言轨道电子俘获过程的可能性——这一现象在 1938 年就被美国物理学家阿尔瓦雷茨（1911—1988）观察到了。这些实验，证明费米的 β 衰变理论取得了很大的成功，得到了公认。汉斯·贝特还因此和其他成果独享 1967 年诺贝尔物理学奖。但是，直到 20 世纪 40 年代初，仍然没有任何实验看到那个"小偷"——中微子。

在探寻中微子的历程中，中国物理学家、"两弹一星元勋"王

王淦昌

淦昌（1907—1998）作出过突出的贡献。1941 年，他从抗战的中国后方贵州向美国《物理评论》（*Physical Review*）寄去了题为《关于探测中微子的建议》，从理论和具体方法上提出用 K 电子俘获法证实中微子的存在。1942 年 1 月，王淦昌的论文被《物理评论》发表后，同年美国物理学家艾伦（J. S. Allen），1952 年两

克莱德·洛兰·科温（小）　弗里德里希·雷因斯　马丁·刘易斯·佩尔

位美国物理学家罗德拜克（G. W. Rodeback）和詹姆斯·弗里德里希·范·艾伦（1914—2006），1952 年美国物理化学家雷蒙德·戴维斯（1914—2006）各自根据王淦昌的论文的建议做了实验，间接地得到中微子存在的实验数据。

1953 年，美国洛斯阿拉莫斯实验室的美国物理学家弗里德里希·雷因斯（1918—1998）和克莱德·洛兰·科温（小）（1919—1974）领导的小组，利用美国原子能委员会在南卡罗来纳州建造的萨凡纳河工厂的大型裂变反应堆，经过艰苦的 3 年实验研究工作，终于在 1956 年宣布，反中微子的确存在。弗里德里希·雷因斯还因此与另一位美国物理学家马丁·刘易斯·佩尔（1927—2014，发现 τ 轻子）共享 1995 年诺贝尔物理学奖。

直接用实验探测来自强大的中微子源——太阳发出的中微子的工作，则是由雷蒙德·戴维斯和美国天体物理学家——首先对太阳中微子作出定量预言的约翰·诺里斯·巴考尔（1934—2005）等，于 1956 年开始的。他们将装满 100 立方米纯过氯乙烯的钢罐，放在位于南达科他州的霍姆斯塔金矿约深 1 500 米的矿井中。经过 1964—1968 年的 49 次观测，终于用罐中的这架"中微子望远镜"直接探测到了来自太阳的中微子。同时，也证明了中微子的确有两种：中微子和反中微子。

1962 年，三位美国物理学家利昂·马克斯·莱德曼（1922—）、梅尔文·斯瓦茨（1932—2006）与汉斯·雅各布·（杰克）·斯坦伯格（1921—，出生在德国），发明了中微子束方法和通过 μ 中微子的发现对轻子的双重态结构作出论证，从而共享 1988 年诺贝尔物理学奖。

2007 年 10 月 2 日 17 时（北京时间 23 时）4

雷蒙德·戴维斯　约翰·诺里斯·巴考尔

分，在圣拉索的一个地下室，欧洲的物理学家拍摄到了一张中微子撞击感光乳剂层上留下反应痕迹的照片。

…………

中微子的发现，验证了两条"金科玉律"："真理诞生在了 100 个问号之后""伟大的发现往往是科学征途中的副产品"。

中微子是一种以接近光速运动的轻子，又名"微中子"，也是一种奇怪的基本粒子。1980 年，美苏两国分别独立宣布，发现了中微子的静止质量为零。1998 年 6 月 12 日出版的美国《科学》杂志，则发表了日本物理学家梶田隆章（1959—　）等的有足够证据说明它有静止质量的成果。2001 年 8 月，以加拿大天体物理学家阿瑟·布鲁斯·麦克唐纳（1943—　）为首的团队，也观察到它有静止质量。他俩也因此分享了 2015 年诺贝尔物理学奖。

利昂·马克斯·莱德曼　　梅尔文·斯瓦茨　　汉斯·斯坦伯格

梶田隆章　　　阿瑟·布鲁斯·麦克唐纳

那么，中微子的质量是多少呢? 一种猜测说，大致在 $2.9 \times 10^{-32}$ 克数量级，其中一种中微子大约为电子质量（$9.10 \times 10^{-28}$ 克）的 $10^{-6}$。它不带电，穿透力极强，可以不受阻拦地穿过地球或 100 光年厚度的液态氢，1 万亿千米厚的铅墙它也照穿不误。根据计算，它在铅内穿行 100 光年，才有 50% 的机会被吸收。它的穿透力为何如此之强呢? 这是由于它与物质之间的作用极弱的缘故。弱作用的研究，让美籍华人杨振宁（1922—）和李政道（1926—）在 1956 年由于发现弱作用中宇称并不守恒，从而共享 1957 年诺贝尔物理学奖。

中微子的研究，不但有助于对基本粒子和统一场论等的理论研究，而且还有实际意义：可用于探测矿藏，例如寻找石油，用于中微子通信，等等。

沃尔夫冈·泡利在去世前 2 个月，曾给出生在德国的美国生物学家——1969 年诺贝尔生理学或医学奖的三位得主之一的马克斯·德尔布吕克（1906—1981）写了信。信中说，中微子是"我人生危机（1930—1931）中的傻孩子"。这里的"人生危机"，是指他的母亲在 3 年前自杀（1927 年 11 月 15 日），1930 年 11 月 26 日，他又刚结束了短暂（11 个月）、"松散"的不幸婚姻，给了他很大的打击，使他酗酒、抽烟。

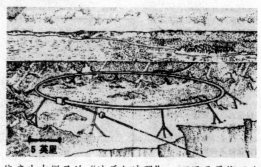

能产生中微子的"地质加速器"：可用于寻找石油

其实，从理论和实际意义上都能看出，中微子这个"孩子"并不"傻"——这是沃尔夫冈·泡利当初未曾预料到的。

"宇宙大爆炸"

中微子的研究迄今还没有结束。按照狄拉克的理论，有中微子就必有反中微子；它们的自旋方向，永远分别与前进方向成左旋和右旋关系。然而，大量的理论和实验证明，裂变物产生的并不是中微子，而是反中微子。1930 年，泡利发现的 β 衰变所放出的电子和中微子或正电子和中微子，把其中所放出的中微子称电子型中微子 $\nu_e$ 和电子型反中微子 $\bar{\nu}_e$。1962 年，丹毕等发现 π 介子衰变产生的中微子和反中微子，分别称为 μ 子型中微子 $\nu_\mu$ 和 μ 子型反中微子 $\bar{\nu}_\mu$。1975 年，又发现了 τ 中微子 $\nu_\tau$ 和 τ 反中微子 $\bar{\nu}_\tau$。所以，至今已发现有 3 类 6 种：电子中微子（electron）$\nu_e$、$\bar{\nu}_e$，μ 中微子（muon）$\nu_\mu$、$\bar{\nu}_\mu$，τ 中微子（tau neutrinos）$\nu_\tau$、$\bar{\nu}_\tau$。一般认为，正反中微子都不衰变，但近年来为了解释太阳中微子的失踪，也有人猜测中微子可能会衰变和振荡。

由于在浩瀚的宇宙空间每立方厘米大约有 100 个中微子，尽管其质量微乎其微，但还是会发生引力相互作用，这种引力累加在一起可能会对大尺度范围内天体的演化产生很大的影响。那么，是不是由于宇宙间全部中微子的引力作用，可以使由"宇宙大爆炸"理论所说的"宇宙膨胀"有朝一日停下来，并进而把广大范围内的宇宙物质重新拉回到一起，从而引起另一次"宇宙大爆炸"呢？人们至今还不能回答。

从 20 世纪 70 年代以来，对中微子就提出了许多未解之谜。例如，太阳中微子为何失踪，中微子有无静止质量，有无中微子振荡？这列在中国《自然杂志》1997 年第 5 期刊登的 97 个物理难题中的

第 64、第 65、第 66 的 3 个
难题，在 2004 年 6 月已经解
决。这一年，10 个国家的科
学家，利用设在日本神冈 1 千
米深处矿井中的超级中微子探
测器 SK——它是东京大学宇
宙射线研究所的——探测到了

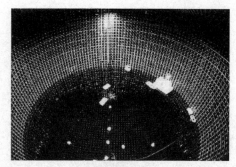

超级监测器 SK

太阳失踪的中微子，通过数据研究，一举揭开了这 3 个难题——太
阳中微子因为衰变而失踪，中微子具有静止质量的概率为 99.99%，
中微子振荡被证实。创导进行中微子探测实验的雷蒙德·戴维斯和
日本物理学家小柴昌俊（1926—），还因此荣获 2002 年诺贝尔物理
学奖——平分总奖金的一半；出生在意大利的美国天文学家里卡尔
多·贾科尼（1931— ）获得总奖金的另一半——因为"对天体物理
开创性的贡献，导致宇宙 X 射线源的发现"。

　　虽然迄今已有上述 1988 年、1995 年、2002 年、2015 年共 7 人
因直接研究中微子荣获诺贝尔物理学奖，但目前依然是科学家们的
热门课题。例如，2017 年 9 月的一则报道说，已经发现了中微子的
超光速现象，这或许会颠覆爱因斯坦的相对论。又如，2017 年 11 月

22 日《自然》杂志发表的一
篇论文表明，加拿大阿尔伯塔
大学的科学家第一次发现中微
子可被物质吸收。再如，近几
年的研究表明，宇宙中可能有
第 4 类中微子——惰性中微子
（sterile neutrino）。

小柴昌俊　　里卡尔多·贾科尼

# 笔尖下的反粒子
## ——狄拉克首次算出正电子

狄拉克

1928 年，英国物理学家狄拉克（1902—1984）建立了能解释电子自旋的相对论电子波动方程，他由此算出了方程的 4 个解。两个正能量的解，倒是好解释——分别与电子的正能量状态对应。然而，其中那两个负能量的解呢——应该分别与电子的负能量状态相对应啊！"啊！负能量状态？"——从来没听说过，太不可思议了！

这两个偶然得到的负能量的解，的确使狄拉克陷入困惑：按照量子论，能量怎么会有负的呢？面对这个"负能困难"，他经过一年多的思考，就"心生一计"——由电荷具有对称性进行类比来解释。于是，在 1929 年 12 月，狄拉克就提出了"空穴理论"，认为这一"空穴"就是质子。德国物理学家、数学家外尔（1885—1955）和美国物理学家奥本海默（1904—1967）对他的"空穴"提出了批评。在这种情况下，狄拉克在 1931 年 9 月又提出，"空穴"就是"反电子"，从而作出了存在"正电子"的预言。正电子，是人类首次由"计算"作出理论预言的反粒子。

由于当时的认识水平，狄拉克的这一预言受到了冷落或批判：众多学者认为，负能量是"离经叛道"和"不可思议"的。

然而，仅仅过了一年，一些"宇宙不明飞行物"却改变了人们的看法。

美国物理学家卡尔·戴维·安德森（1905—1991），在加利福尼亚工科大学从事宇宙射线的研究。他设计了一种用 6 毫米厚的铅板分隔开的云室，并加有 15 000 高斯的强磁场。他用它拍摄了 1 300 多张宇宙粒子飞行轨迹的照片。1932年 8 月 2 日，他偶然发现其中有 15 张照片里的粒子，与多数照片中粒子运行方向不同——朝相

安德森

反的方向运行；而且，这些反向运行的粒子的能量，高达难以理解的 63 兆电子伏。他觉得非常奇怪——这是什么粒子呢？从这些"宇宙不明飞行物"运动轨迹的曲率来看，不可能是质子。于是，安德森果断地作出结论：这是一种描出曲线轨迹的新粒子——人们把它叫作正电子。这就是正电子被偶然发现的过程。"为了区别正或负的粒子，从它们的运动方向就可看清楚。"他说，"与负粒子做相反方向运动的就是正粒子。"

正电子的发现，使人类初次确认了世界上还有一类意想不到的"可怕的"反粒子。其后，人们又发现了许多反粒子，当然，其含义不一定是电荷正负相反。

遗憾的是，关于正电子产生的机理，安德森却作出了错误的解释。他认为，初级宇宙射线撞击到核内的一个中子，会使中子分裂成为正电子和负质子。为此，他还建议实验家找寻这种"负质子"。稍晚，由英国物理学家布莱克特（1897—1974）和意大利物理学家朱塞佩·保罗坦尼斯劳·（别比）·奥恰利尼（1907—1993），从簇射现象的观测中，才搞清正电

宇宙射线中的正电子径迹的照片：
在有磁场作用下的云室中拍摄的

子产生的机理。他们用盖革计数器自动控制云室，首次看到正负电子对的产生。他们正确地解释簇射现象是由于 γ 射线从原子核近旁经过的时候，转化为正负电子对，同时又有更多的 γ 射线产生，从而产生雪崩现象。

有趣的是，安德森并不了解狄拉克的电子理论，更不知道他已经预言过电子的存在。所以，狄拉克偶然"算出"的正电子和安德森偶然发现的正电子虽然互不相干，却不谋而合。这在物理学史上，也是传为美谈佳话的趣事。

因为发现正电子，安德森成了 1936 年诺贝尔物理学奖的两位得主之一；布莱克特则独享

布莱克特

1948 年诺贝尔物理学奖——获奖的成果之一，就是证明了正电子的存在。

在安德森发现正电子之前，布莱克特曾观察到正电子的存在，但是因为过于谨慎而没有及时公开发表。1931 年末，约里奥·居里夫妇也观察到正电子径迹，但却误认为从电源发出的正电子就是流回电源的电子。

正电子的发现，不但成为人类认识反粒子的起点，而且还对研究光与实物之间的转变——正、负电子相撞即转化为 γ 光子，以及 γ 光子在重原子核的作用下可转化为正、负电子对，有更深刻的认识，也使人们对"基本粒子"的认识又有了一次质的飞跃。更重要的是，它揭示出物质的一种基本特性——对称性。

当时，狄拉克还从他的理论出发，预言了反质子的存在。他说："可以假定，质子也会有它自己的负态……其中未占满的状态表现为一个反质子。"美中不足的是，狄拉克没能进一步就反物质的存在的普遍性作出更大胆的预言。事实上，从爱因斯坦质能方程 $E=mc^2$ 得出的 $c = \sqrt{E}/\pm\sqrt{m}$ 就可看出，$\pm\sqrt{m}$ 表明了物质和反物质的同时存在——大自然就是充满着这样的对称、美妙、和谐。

人们遵循着正反物质互相对称的思路，又发现了许多反粒子。

例如，反质子被美籍意大利物理学家埃米洛·塞格雷（1905—1989）和他以前的学生、美国物理学家欧文·张伯伦（1920—2006），于1955年在加州大学伯克利实验室里，用6.8吉电子伏的质子加速器所证实。他俩也因此共享1959年诺贝尔物理学奖。

又如，在劳伦斯伯克利国家实验室工作的四位美国物理学家布鲁斯·柯克（1916—1994）、奥莱斯特·匹其奥尼（1915—2002，出生在意大利）、文采尔（W. A. Wentzel）和格伦·兰伯特森（Glen R. Lambertson），在1956年发现了反中子。塞格雷、张伯伦和意大利物理学家皮西奥尼克（O. Picconicc）也在1957年发现了反中子。

再如，中国物理学家王淦昌于1959年在基辅召开的国际高能物理研究会上，宣布了在联合原子核研究所的 $10^9$ 电子伏加速器上，发现了反西格马负超子。

…………

塞格雷

至今，人们发现的300多种粒子中，正反粒子几乎各占一半——每个粒子几乎都有其对应的反粒子。于是，人们大胆地预言，这些反粒子将组成反物质——正好与前述由 $E = mc^2$ 得出的结论不谋而合。

1995年9月，在欧洲核子研究中心里，德国和意大利科学家组成的小组终于制造出9个反氢原子；次年1月4日，该中心宣布了这一重要消息。1996年11月12日（一说22日），美国费米实验室又宣布利用对撞机制造出7个反氢原子。虽然这些反氢原子生存的时间仅约四百亿分之一秒，但意义却十分重要：这是在地球上首次人工制造出的反原子，进一步实现了人们长期以来，期求制造反物质的愿望，也再次证实了反物质的存在。

反物质的发现，使人们对研究新能源和新武器得到了新的启迪，因为正反物质"湮灭"时会产生比核能更大的能量。例如，一个质子和一个中子发生热核聚变反应，形成一个氦核时，可释放出约 2 兆电子伏的能量；而一个质子和一个反质子湮灭时，却可释放出 1 800 兆电子伏的能量。后者为前者的近千倍！ 0.01 克正反质子湮灭时产生的能量相当于 200 吨化学液体燃料燃烧时所放出的能量。这当然会诱惑着当今科学家致力于开发这种新的"反物质能源"。

反物质的发现，还使传统的物理学对称理论面临严重的挑战。按照正反物质对称的理论，就应该有反地球、反太阳系……天体与反天体，星系与反星系，宇宙与反宇宙……都应同时存在。但事实是，宇宙中反物质是如此之少（太阳系中有少量反粒子），而反星系则至今还没有发现。

为什么宇宙中反物质如此之少？反物质世界存在吗？"反物质能源"是否能实现？在中国的《自然》杂志 1997 年第 5 期（内页误为 4 期）上，列出了当代 97 个物理难题中编号为 29、30、31 的这三个难题，至今还没有答案。不过，《人民日报》在 1997 年年底评出的世界十大科技事件与成果中，又传来了新消息：科学家们在当年 4 月宣布，他们发现了银河中心黑洞上方喷

张伯伦

发出长 2.8 万亿千米的反粒子流，正反物质相遇放出的强 γ 光能量为普通光能量的 25 万倍。此外，在 2017 年 8 月，有外国科学家首次在反物质原子上观察到类似"指纹"的特殊光谱线的报道，并认为研究特殊光谱线的详细信息，将揭开反物质研究的"新篇章"。

如果真的存在反物质世界，那将十分有趣——有朝一日，地球人和"反地球人"握手的一瞬间，两者将同时"灰飞烟灭"而放出巨大的能量！

1998 年 6 月 3 日凌晨，随着一个白色烟团的延伸，从美国肯尼迪航天中心发射的举世瞩目的"阿尔发"磁谱仪飞向茫茫的太空——为了探测宇宙中的反物质……

# 在书籍插图的启示下
## ——劳伦斯发明回旋加速器

"请他来面谈，"1916年5月的一天，美国南达科塔州立大学电气工程学院刘易斯·阿克利院长对秘书说，"我倒要听听他有什么高见。"

劳伦斯

原来，公务繁忙的阿克利碰到了一件意外的事：一名本大学但并非本学院的医学预科一年级学生急着要和他面谈。他听了秘书的汇报之后，决定挤出时间来接见这位名叫欧内斯特·奥尔兰多·劳伦斯（1901—1958）的学生。

"无论学什么专业，南达科塔州立大学的学生们都应该对无线电通讯有相当的兴趣，因为可以通过无线电设备来了解世界上发生的一切；而且——将来无线电一定会在我们的生活中占有极其重要的地位。"语气坚定的劳伦斯开门见山，"所以，建议学院购买一套无线电设备。"

"哦，真有这么重要！如果购买一套无线电设备需要多少钱呢？"阿克利对这个医学专业的年轻人"跨专业干涉内政"颇感兴趣。其实，他早在一年前就打算培养无线电技术人才了。

"大约不到100美元。"说着，劳伦斯从口袋中掏出一张纸，递给了阿克利——上面清楚地写着多少钱买什么东西……

"好吧，明天下午答复你。"阿克利用力握着小伙子的手，微笑着说。

劳伦斯转身走出院长办公室。望着小伙子远去的背影，阿克利心想，在自己从事教学和研究的漫长岁月中，一见面就对一个学生产生如此深刻的印象，这还是第一次。

第二天，整个上午阿克利都在翻看劳伦斯的档案：祖籍挪威，出生在北达科他州的坎多；学的是化学，数学成绩优异；对无线电有特殊爱好——早在中学时代，他就自己动手安装了一台无线电发送机给其他州发送信号，报纸上曾经报道过这一"奇迹"。

从此，阿克利开始有意识地培养、关心劳伦斯，让他改行学物理学。劳伦斯不负期望，刻苦学习，以优异成绩实现了"三级跳"：成为南达科塔州立大学的学士、明尼苏达大学的硕士和耶鲁大学的博士（1925 年）。

劳伦斯留母校耶鲁大学三年间的 1927 年，应邀到欧洲几国访问。欧洲核物理的迅猛发展和科学大师们的科学思想，成了这次"伟大的经历"的主要内容，启发和影响了他的一生。1928 年，他到加利福尼亚大学任副教授，次年升为正教授。

劳伦斯在加利福尼亚大学工作期间，就萌发了研制粒子加速器的构思。1929 年 2 月的一天下午，他在图书馆翻阅电子学文献《电学进展》，看到了挪威电学家罗尔夫·维德奥（1902—1996）于 1928 年发表的文章，偶然发现其中一幅描述粒子加速器装置的插图，他喜出望外。

为什么喜出望外呢？原来这幅插图画了一对首尾相接的管子，带电粒子通过第一根管子从正极降到负极时，可以加速到 25 000 电子伏。这虽然很普通，得

1930 年劳伦斯制成的世界上第一台回旋加速器

到的能量也很有限，但是当粒子从第一根管子进入第二根管子时，又能再加速25 000电子伏。这幅图形象地描绘了共振的概念——只要时间恰当，就可以用电场力如此重复地加速带电粒子，得到所希望的更高的能量……

劳伦斯与回旋加速器

在这个图的启发下，劳伦斯和他的研究生内尔斯·爱德勒夫森（Nels Edlefson）一起，在1930年研制成功了两个真空室直径为4英寸的简陋回旋加速器。1931年，他又和他的另一名研究生利文斯顿（M. S. Livingston）一起，制成了一个真空室直径为4.5英寸的回旋加速器。后来，他申请了500美元的补助费，终于1932年制成直径为11英寸的回旋加速器并投入正式运行。它可把质子加速到125万电子伏而将一个锂原子击碎，分裂为两个氦原子。"回旋加速器之父"劳伦斯，也因此独享1939年诺贝尔物理学奖。不过，由于第二次世界大战，直到1951年才为他举行颁奖仪式。

维德奥也是一位加速器物理学家，是共振加速器和电子感应加速器的始祖（上述《电学进展》中的文章，就描绘了加速器的雏形），还在1946年申请过这两种加速器的挪威专利。此外，他还先后与欧洲核子研究中心（1952）、苏黎世联邦理工大学（1953），以及位于汉堡的德国电子同步加速器研究所（1959）合作，研制质子同步加速器等类型的加速器。他还是一位申请过200项专利的发明家，发表过180多篇科学、工程方面的论文。他虽然出生在奥斯陆，但长期游居德国、瑞士，最终以94岁的高龄在瑞士辞世。

加速器是用来加速基本粒子去"打碎"原子的，所以又名"原子粉碎机"。在加速器产生之前，物理学家只能用天然放射性元素放出的粒子（例如 α 粒子）来轰击研究的对象，但这又受到粒子能量和束电流的限制。因此，研制能快速产生高能量粒子的加速器，就成为科学家们的梦想。

对核物理和粒子物理学来说，1932 年是一个丰收年。中子、正电子和质子都是在这一年发现的，中子－质子的原子核模型也在这一年建立。两种不同类型的粒子加速器——回旋加速器和

考克饶夫特　　　　　　瓦尔顿

倍压加速器也在这一年建成并正式运行。

建成倍压加速器的是英国物理学家考克饶夫特（1897—1967）和爱尔兰物理学家瓦尔顿（1903—1995）——在 1932 年初。它可把质子加速到 70 万电子伏。他们用质子轰击锂核，使之分裂为两个 α 粒子：这是历史上第一次用人工加速的粒子实现的核反应。他们也因此共享 1951 年诺贝尔物理学奖。

因为倍压加速器中的粒子沿直线运动，所以属于直线加速器，而回旋加速器是一种粒子沿圆弧轨道运动的磁的谐振加速器。

由于回旋加速器的最高能量上限为 20 兆电子伏／核子，为了提高加速器的能量上限，物理学家们新创了同步回旋加速器和等时回旋加速器等加速器。

同步回旋加速器，是由苏联（出生地在今天的乌克兰）物理学家维克斯列尔（1907—1966），以及 1951 年诺贝尔化学奖（因为研究超铀元素）的两位得主之一——美国物理学家、化学家麦克米伦（1907—1991），分别在 1944—1945 年提出来的。

就在这提高加速器的能

维克斯列尔　　　　麦克米伦

量上限的努力下，五花八门的加速器相继诞生。由于种类繁多和涉及某些专业术语，所以我们只能"蜻蜓点水"：其中著名的包括1933年美国物理学家范·德·格拉夫（1901—1967）建成的静电型直线加速器，1966年斯坦福大学建成的直线加速器，1981年欧洲核子研究中心建成的对撞机，1997年10月在日本播磨科学城建成的当时最大的加速器——同步辐射加速器Spring-8。最后这个成果被当年12月24日的《人民日报》列为1997年的"世界重大科技事件与成果"。

至今，加速器的能量上限已经比当初提高了9个数量级；同时，每单位能量的造价降低了约4个数量级。

劳伦斯的成就离不开阿克利院长劝他转行和对他的培养，而这个机遇是他"干涉内政"创造的，当然，更重要的则是他的努力——包括他得到书籍插图的启示。

 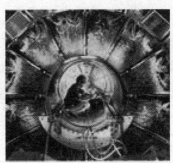

范·德·格拉夫　　斯坦福大学建成的直线加速器

# 喝啤酒引出大成果
## ——格拉塞尔发明气泡室

1912 年，英国物理学家威尔森发明了云室。这种在原子物理学中观测微观粒子径迹和研究宇宙射线的工具，曾显示了第一个人工蜕变的粒子径迹、中子引起的反冲质子的径迹、正电子的径迹等等，有着辉煌的历史，但是它有一个很大的缺点——气体密度低，即气体单位体积中含有的物质非常少。

格拉塞尔

于是，发明一种新的微观粒子探测工具的任务，就摆在了科学家们的面前。美国物理学家唐纳德·格拉塞尔（1926— ）就是其中的一个探索者。

格拉塞尔是加利福尼亚伯克利分校的教师。1952 年，他正在专心致志地研究怎样做出这种发明，但苦苦思索仍然没有结果。于是，他和朋友一起走到啤酒馆——喝点啤酒轻松一下。

啤酒瓶打开以后，格拉塞尔看到气泡不断从底部向上一串串地冒出。"多好看的气泡呀，一串串，又一串串，有秩序地上升。"他自言自语地说。"这有什么奇怪，啤酒都冒气泡——过一会儿就会完的。"他的朋友不以为意。不过，格拉塞尔却不想这样打住完事——啤酒泡已经像黑夜里闪亮的火花，点燃了他灵感的烈火。他茅塞顿开："既然威尔森能够利用气体中的液滴来进行研究，我为什么不能利用液体中的气泡胜他一筹呢？"

说完，格拉塞尔随手捏了一些砂粒放入啤酒中，只见砂粒一边下沉，一边从它经过的路径周围不断冒出一串串气泡。既然气泡能清晰地显示出砂粒在啤酒中下沉时的路径，那为什么不可以用类似的原理显示微观粒子的路径呢——他已经从啤酒气泡和威尔森云室的液滴的类比中，找到了发

啤酒"小泡沫"还有"大用场"

明新工具的钥匙。同年，他终于发明了一种由热液中的小气泡显示出微观粒子径迹的新工具——世界上第一台气泡室。为此，他独享了1960年诺贝尔物理学奖。

那么，砂子经过的路径周围为什么会冒出一串串气泡呢？

原来，密封加压的啤酒瓶内的啤酒中溶有大量二氧化碳气体。打开啤酒瓶的时候，瓶内压力减小，二氧化碳气体就以气泡的形式冒出来。刚冒完气泡的啤酒还处在不稳定状态，遇到固体颗粒——例如砂粒的扰动，就会继续产生气泡。这些气泡沿着固体颗粒的路径分布，就成了一串串。

格拉塞尔开始发明的气泡室使用的是液体乙醚，它比云室里气体的密度增加了上千倍，能比云室更好地观测微观粒子的径迹。接着，他又用不同流体做类似的试验——其中最重要的是原子序数低的液态氢和原子序数高的液态氙。

格拉塞尔在做了这一开拓性的工作以后，就转向了生物学研究。其他人则继续改进气泡室，阿尔瓦雷茨就是其中之一。

路易斯·沃尔特·阿尔瓦雷茨（1911—1988）是一位原在芝加哥研究宇宙射线的物理学家。不久，这位美国人却到了加利福尼亚伯克利分校。他认为格拉塞尔发明气泡室前途很

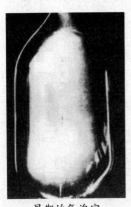

早期的气泡室

大，加之受到也在伯克利分校任物理教授的劳伦斯（1901—1958）的影响，也喜欢承担大的实验研究，所以就着手改进气泡室。他将液态氢做的气泡室的体积不断增大——直到 500 升。他还用一种带有计算机的半自动测量装置来计算测试数据，更能显示其优点。由于用这一改进对基本粒子的研究，以及对共振态的发现，他独享了 1968 年诺贝尔物理学奖。

气泡室是一种装有液态氢、氦、丙烷、戊烷等透明液体的耐高压容器。它的工作原理是，先将乙醚置于沸点，再将压力突然降低，从而使液体的温度处于降低了的沸点之上。这样，微观粒子的径迹就形成一串小气泡被观测出来。根据径迹的长短、浓淡等，就能清楚地分辨出粒子的种类和性质。

气泡室作为重要的粒子探测工具，为物理学家作出了许多贡献。例如，人们首先用它在质子–反质子的湮没实验中发现了共振态——直到今天，这项工作仍在继续。所谓共振态，就是寿命极短的粒子。当粒子寿命短于某一限度的时候，很难在探测器中留下径迹而直接被探测到，只能通过其衰变产物的间接效应来观测。

由于气泡室所搜集到的各种信息大约是云室的 1 000 倍，所以在需要精密数据的高能物理实验中，它已经基本上取代了云室。

后来，气泡室的体积越来越大，目前最大的直径已达几米，装有上万升液态氢。

类比的方法和灵感的触发使格拉塞尔发明了气泡室。这种灵感当然不会来源于懒汉："灵感是发明创造者长期辛勤劳动的成果"。

让人想不到的是，小时候的格拉塞尔居然被老师认为是"弱智"——他的成绩太差且

现代气泡室

总提不高，沉默寡言且不和别的孩子一起玩。格拉塞尔的父母是俄国难民，家境贫寒。母亲把儿子带到精神病医生那里去检查后，医生说"没事"，她才放下心来。

后来，为了研制气泡室，格拉塞尔曾向政府申请 2 500 美元的研究经费，竟然被拒绝了。他一气之下，拿了啤酒瓶、姜汁酒、苏打水和酒精灯因陋就简地自己干了起来。他的第一个气泡室的主要零件，是取自小时候父母送给他的一台老式收音机。对此，他在谈到自己的成功时感慨地说："几乎所有的人都想干一番有创造性的事业。那么，创造性的才能是后天培养的，还是与生俱来的呢？我坚信，只要认真学习，任何人都能发挥自己的创造性。"

# 牛不喝水和分析矿石

## ——镁、锗和镍的发现

英国伦敦附近有个村庄叫艾普松，1618 年，这里的农民主要以牧牛为业。村中有个农民，想利用当地的泉水供他饲养的牛饮用，于是开了一条小沟引水。奇怪的是，没有一头牛光顾他的小沟。"这水怎么啦？"他感到纳闷，仔细一尝，原来那泉水是苦的。

牛儿："这水不好喝！"

这件事被一名叫格纽的爱刨根问底的医生知道以后，进行了研究试验。他意外地发现，这种苦水具有治疗外伤的功用，内服也有疗效。于是，他从这种泉水中提取了一种固体物质，并称它为"苦盐"。

后来，另外一些人从海水和矿石中也找到了苦盐。还发现它同草木灰浸出液混合后会产生一种固体物质，这种固体物质受热后会变成柔软而松散的白色粉末，一些人就称它为"苦土"。

这里的苦盐、苦土究竟是什么东西呢？其实，它就是含有镁的盐类。海水是苦咸的，就是因为其中含有的氯化钠是咸味的，而氯化镁则是咸苦涩味的。不过，化学中的苦土却专指氧化镁，与上述苦土含义不同。

1808 年，英国化学家汉弗莱·戴维用苦土为原料，首次提炼出了有银白色金属光泽的镁。

看来，发现镁的功劳，也有牛的一份。

镁有许多用途，例如制作节日焰火就要用到它。

锗的偶然发现，则是分析矿石的意外结果。

镁粉

克莱门斯·亚历山大·温克勒尔（1838—1904）是德国夫赖贝克矿业学院的化学教授，19世纪与20世纪之交的著名化学家。通过岩石分析而发现"巩固了门捷列夫元素周期表"的锗，是他学术生涯中最辉煌的一页。

1885年9月，人们在夫赖贝克附近的矿井里发现了一种富含银的新矿物。经过奥地利（当时属于奥匈帝国）化学家卡尔·奥尔·冯·韦尔斯巴赫（1858—1929）的研究，定名为硫银锗矿。温克勒尔对这种矿物分析的结果是：含银73%~75%，硫17%~18%，汞不超过0.21%，还有微量的铁和痕量的砷；但令人惊讶的是，总有6%~7%的成分含量差额，才能达到100%。他分析断定，其中必含有一种前所未知的新元素。但是，他按常用的分析方法经过4个多月夜以继日的工作，仍毫无结果。

时至1886年初，温克勒尔再次酸化这种矿石碱融熔物的水提取液，滤去硫黄，经过洗涤，得到一份清澈的滤液。他向这一液体中加入大量强酸使其呈酸性的时候，突然意外地发现，滤液中出现了白色絮状沉淀物——这一沉淀物可溶于氨水。由此，他作出了大胆

温克勒尔

的判断：这就是自己正在致力寻找的未知元素的硫化物。出于爱国，他把它命名为锗——Ge，是Germanium的简写，其中的"Germania"是为了纪念德国。他在补充实验研究之后，在2月6日撰文向《德国化学会报》提出简短的报告《Ge，一种新的非金属元素》。不过，他当时从初步分析所得知的锗的性质中，误认为该元素的位置应

在门捷列夫元素周期表的锑与铋之间。

锗

同年 2 月 25 日和 27 日，德国化学家维·里希特和迈尔（1830—1895）给温克勒尔来函，认为锗应该是 1871 年的门捷列夫元素周期表所预言的"类硅"。鉴于这种情况，温克勒尔又从 500 多千克矿石中提炼出 100 多克可供研究的锗，重新测定了它的性质。1886 年 7—8 月，他连续著文报道他和其他学者对锗的研究成果，发现其主要物理、化学性质与门捷列夫预言"类硅"的性质十分相似。这证明了里希特和迈尔预言的正确性。

锗的用途也很广。例如，电子工业中的半导体和玻璃制造就要用到它。它也是人体中不可或缺的微量元素。

镍的偶然发现，也是分析矿石的意外结果。

镍的使用是从研究铜开始的，因为白铜中含有一定成分的镍。在世界各国中，中国是最早掌握冶炼白铜技术的文明古国。

在 18 世纪，德国产有一种质重而呈红棕色的矿石。这种矿石经风雨侵蚀之后，表面会出现绿色结晶。当它溶解在酸中的时候，会成为一种绿色的溶液——和普通的铜溶解在酸中所成的溶液相似。起初人们误认为它是含铜的矿石，后来才知道它并不含铜，所以矿工们都称它为"尼客尔铜"（kupfenickel）——"假铜"或"不中用的铜"。

克朗斯塔特

瑞典矿物学家、化学家阿克塞尔·弗雷德里克·克朗斯塔特（1722—1765）男爵也用这种矿石做了许多次实验。一次，他把一块铁片投到尼客尔铜的酸性溶液中，希望不久能在铁片上得到沉积的铜。岂知事与愿违，等了很久，铜也杳无影踪。这个偶然的奇怪现象，使他惊讶不已。

这是什么原因呢？经过分析，克朗斯塔特终于认识到，这种所谓"铜"的酸溶液，性质与普通铜的酸溶液完全不同。后来，他又把这种含绿色结晶的矿石放在木炭粉上煅烧，结果还原出了一种白色的金属。"它硬而且脆，微微感受磁石的吸引，煅烧以后即变成黑色粉末，"他这样写道，"用它所粗制的金属，能溶解在硝酸、王水和盐酸中而变成绿色。"他仔细认真地研究了这种金属的物理及化学性质，发现和已知的金属都不同，否定了它是铜的可能，从而认定是一种新的金属。

1751年，克朗斯塔特就把它定名为镍（nickel，意为"假铜"或"不中用的铜"），并将发现的详情发表于斯德哥尔摩科学院的院刊上。这时，人们才恍然大悟：从前所谓的尼客尔铜，原来是镍的砷化物。那种红棕色的矿石，现在叫红镍矿。

水雾化镍粉

其实，中国早在克朗斯塔特前1 800多年的西汉时期（公元前1世纪），就已懂得用镍与铜来制造合金——白铜了。

镍是一种用途十分广泛的金属。制造铁镍碱性蓄电池、不锈钢、催化剂和电子器件等，都离不开它。

# 鲜花为什么变色
## ——波义耳发明石蕊指示剂

1645 年初秋的一天早晨，英国多尔塞特的一个庄园的实验室内。同往常一样，炉子在燃烧，曲颈瓶内的液体被加热。

出生在爱尔兰利斯莫尔的英国化学家波义耳（1627—1691）走进实验室，进行例行检查。此时，一位花匠照例送来了一篮美丽的紫罗兰花。喜欢紫罗兰的波义耳顺手拿起一束花观赏着，然后把花放在桌子上。

紫罗兰花

这时，波义耳和他的助手威廉正在进行实验研究，取下两瓶准备做实验的盐酸，看一看它的质量如何。他们把盐酸倒进烧瓶，这时瓶里的盐酸挥发出刺鼻的气体，像白烟一样从瓶口冒出，倒进烧瓶里的淡黄色盐酸液体也在冒烟。"这盐酸质量不错。"玻义耳说。正在这时，他们突然发现，紫罗兰也冒出了轻烟。原来，是倒盐酸的时候不小心，偶然溅到花上去了。他们赶紧把花放在水里冲洗，但更使人吃惊的现象发生了——紫罗兰的颜色由紫色变为了红色。

紫罗兰的颜色为什么会由紫变红呢？终生未婚的波义耳是个不重视贵族头衔，也不要教会安排的显赫高位，甚至英国皇家学会在1680 年选他做主席也不当，只醉心平静的科研工作和生活的人，遇上这种事，肯定是要查个水落石出的。

实验研究开始了。他们把那个装紫罗兰花的篮子拿过来，取出几朵花，分别放在几个烧杯里，再分别倒入不同的酸。结果发现每朵花都由紫变浅红，最终变为深红。这一实验使波义耳明白：不仅是盐酸，其

酸滴进无色石蕊液中变红

他各种酸都能使紫罗兰变红。

"咦，既然各种酸都能使紫罗兰变红，那是否可以反过来——用紫罗兰是否变红来检验某种液体是不是酸呢？"通过试验，他们得到了肯定的结果：凡是使紫罗兰变红的，都是酸或者是酸性溶液。

由此，他们得到检验一种溶液是不是酸的方法：只要把紫罗兰花瓣放进溶液里，看是否变红就行了。威廉还根据这种方法推测——碱也有可能改变紫罗兰的颜色。

紫罗兰并不是一年四季都开花的，怎么办呢？为了解决这个问题，他们把紫罗兰花进行浸泡，把浸液保存起来——代替紫罗兰花瓣检验某种液体是不是酸性。

既然酸能使紫罗兰变色，那么，酸又能不能使其他花变色呢？既然能使花变色，又能不能使植物的其他部分变色呢，即植物其他部分的浸出液又能不能用来检验酸呢？于是他们进行了更加广泛深入的实验研究。先后取来了苏木即巴西木、玫瑰、蔷薇、丁香、玉米花和石蕊地衣等植物，分别把它们的浸出液滴入酸中试验。他们发现，石蕊地衣泡出的浸液和酸、碱一样，都是无色透明的；但当酸滴进无色的石蕊地衣浸出液中后，立即变红；而当碱滴进无色的石蕊地衣浸出液中后，却立即变蓝。这真是太好了：一种浸液能同时检验酸和碱。后来，他们又将纸放在石蕊地衣浸出液中浸泡，然后取出烘干。使用的时候，只需把纸片浸入待检验的液体，看纸片颜色的变化就行了。这就是沿用至今的石蕊指示剂、石蕊试纸的发明过程。

玻义耳是第一个用植物天然液汁作指示剂的化学家。这段史实，记在他的《颜色的试验》一书中。

后来，化学家们又发明了多种指示剂。1866年合成的甲基紫、甲基绿，与1869年德国卡尔·詹姆斯·彼得·格雷贝（1841—

格雷贝

索伦森

1927）合成的茜素，都曾作为指示剂。1876年，克留格（Kruger）把荧光素作为酸碱指示剂。1877年，勒克（E. Luck）发明了第一个人工合成的变色指示剂——酚酞。1878年，化学家密勒（M. Miller）和龙格（F.F.Runge）又分别合成了金莲橙与提取出了甲基橙指示剂。德国化学家冯·拜尔（1835—1917）分别在1878年和1888年合成的靛蓝与四羟基蒽醌，也曾作为指示剂。

从1907年开始的两年内，丹麦生物化学家索伦森（1868—1939）提出了氢离子浓度的pH值概念，发明了pH试纸——涂有硝嗪染料的试纸，还提出了一份关于大约100种酸碱指示剂的研究报告。1908年发明的、当今实验室依然常用的甲基红，应归功于路普（E.Rupp）和路斯（R.Loose）。

历史上曾出现过多种指示剂。例如，到1893年，有文献记载的就达40多种，其中人工合成的为14种。随着优胜劣汰，迄今只剩下具有灵敏、易观察、稳定不易变质、易保存、能进行多种液体的检验、检验结果准确无误等优点的石蕊、酚酞、甲基橙、甲基红和pH试纸等几种常用指示剂了。

波义耳是近代化学的奠基者之一——因为他在1661年发表的他最著名的著作《怀疑派化学家》，创立了科学的元素的概念，把化学引上了科学的道路。对此，革命导师恩格斯高度评价他的工作："波义耳把化学确立为科学。"当然，波义耳在化学上的重大贡献还有很多。

波义耳还是一位成就卓著的物理学家和自然哲学家——著名的波义耳定律（定量恒温气体，它的体积和压强成反比）就是他在1662年发现的。

波义耳非常重视科学实验的作用，坚信"知识来自实验""实验是最好的老师"。能抓住实验中的偶然现象穷追不舍——这就是科学家锐利的眼光。

波义耳

# 植物和矿物引出的发现
## ——氧气和氯气

普利斯特利（1733—1804）是一位英国化学家。从 1770 年起，他开始研究空气。

普利斯特利的实验室一角

一次，他把一只甲虫放在玻璃小瓶内，以便观察它的活动。为了不让甲虫跑掉，他把瓶口封了个严严实实。过了一天，他去看甲虫，却发现装在密封玻璃小瓶内的甲虫已经死了。他的疑问产生了：甲虫为什么会死呢——又不缺食物啊！

1771 年 7 月 27 日，普利斯特利又偶然发现，薄荷在阳光下会产生一种气体——可使燃烧的蜡烛火焰更旺。后来，他又发现其他的植物也能在阳光下产生这种气体。他的又一个疑问产生了：这是什么气体呢？

1774 年，普利斯特利用直径为 1 英尺的聚光镜加热各种物质做实验。他在 8 月 1 日再次偶然发现，氯化汞受热后放出的气体能使"蜡烛在这种气体中燃烧，光焰非常之大"。

1773 年，出生在德国的瑞典化学家舍勒（1742—1786）也发现了这种气体。

这就是氧气发现的过程。

1777 年，法国化学家拉瓦锡（1743—1794）为这种气体命了名，取意为"成酸的要素"（Oxys 是酸味，gennao 是产生），中文"氧"取"养生"之意。

由此可见，舍勒和普利斯特利是氧气的共同发现者。如果以1774 年普利斯特利发现氧气而论，则舍勒比他发现氧气要早一年，但是舍勒在 1775 年年底才写成阐述有关氧气的《论火与空气》一书，1777 年才和读者见面，这又迟于普利斯特利。

舍勒对化学的又一贡献是"差点"发现氯气。

18 世纪 70 年代以后，由于冶金工业的发展，人们普遍对各种矿石进行研究，其中包括软锰矿——主要成分是二氧化锰。虽然一些著名的化学家——例如，瑞典化学家贝格曼（1735—1784）曾对这种矿石进行过研究，但没有取得什么结果。

1771—1774 年，舍勒也用了三年时间研究这种软锰矿物，并进行了各种试验。

舍勒先确定了这是一种新金属氧化物——按当时的称呼叫"脱燃素的新金属"。舍勒将它定名为锰（原指"美哥尼亚苦土"manganizo，软锰矿与它外观极为相似）。后来，在进行加酸实验的时候，又发现它不溶于稀硫酸和稀硝酸。当他加入盐酸的时候，却偶然发现一个奇怪的现象："立即冒出一种令人窒息的黄绿色气体，它和加热王水的时候所产生的气体相近，可使人的肺部极为难受。"他收集这种气体做种种实验，发现它微溶于水，使水略有酸味；有漂白作用，能使蓝色试纸几乎变白，可漂白有色花和绿叶；能腐蚀金属；可使昆虫立即死去；可使火立即熄灭。这就是新发现的氯气。

舍勒把这项成果写成论文《关于锰及其性质》，于 1774 年送交瑞典科学院。遗憾的是，

普利斯特利

因为他信奉燃素说，所以论文中把这种气体误认为是由于"脱燃素的锰"（现在说的二氧化锰）从盐酸中夺去了燃素而产生的，最终把它认定是一种"脱燃素酸"，而不是一种元素。

1810年11月，英国化学家汉弗莱·戴维在皇家学会宣读论文，从他"分解""氯气"失败的实验事实中，才正确地得出氯是一种元素的正确结论。他将这种元素命名为"Chlorine"。英文名称"Chlorine"源于希腊文"khlros"（淡绿色），中文取该气体为绿色之意造了"氯"字。

舍勒

舍勒等人发现氧气和对比他"差点"发现氯气的事实，给我们的重要启示，由英国生物学家赫胥黎（1825—1895）精辟地指出来了："我们要做的是让我的愿望符合事实，而不是试图让事实与我的愿望调和。要像小学生那样坐在事实面前，准备放弃一切先入之见，恭恭敬敬地照着大自然指的路走。否则，就将一无所得。"

# 栽花得柳的发明
## ——帕金发明苯胺紫

您听说过种瓜得豆的故事吗？

奎宁，又名金鸡纳霜或金鸡纳碱——它是因从产于热带或亚热带的常绿乔木金鸡纳树中首先提取出来而命名的。这种无色结晶或白色粉状苦药，用于医治疟疾有特效。由于从植物中提取金鸡纳碱的量有限，所以应英国皇家化学会之邀，到伦敦皇家化学研究所的实验室主

霍夫曼

持工作 20 年（1845—1865）的德国化学家奥古斯特·威廉·冯·霍夫曼（1818—1892），就想用人工方法合成奎宁。后来成为化学家的 15 岁英国少年威廉·亨利·帕金（1838—1907）当上了他的学生和助手。

1856 年，霍夫曼让 18 岁的大学二年级学生帕金试着用重铬酸钾来氧化苯胺（煤焦油的一种衍生物）的方法制取奎宁。帕金把氧化剂重铬酸钾、工业苯胺、硫酸一起加热，想得到奎宁。结果"有意栽花花不发"——没有得到无色或白色的奎宁，只得到一种黑色胶状物。大失所望的帕金只好按霍夫曼的要求，把它倒掉，并用酒精洗涤容器。这时，帕金惊奇地看见，一种色彩鲜艳的紫色溶液突然出现在他的面前。由于倒出来的时候溅到白布上，白布被染成了当时少见的美丽的紫色。

"咦，如果用它来染布匹，不是形成了很好的染料吗？"帕金突生灵感。于是，他环顾四周，把一条白色的围巾取下来染上了紫色，然后挂在绳子上。

第二天早晨，帕金发现美丽的紫色围巾掉在地上，粘了一些灰尘，就用水洗。没有料到，它一点也不褪色。他又用热肥皂水洗，放在太阳下晒干，同样也没有变色。

后来，经过分析鉴定，这种紫色物质就是第一种从煤焦油中提取出的人造苯胺染料——苯胺紫。

帕金敏锐地意识到，"无心插柳柳成荫"

帕金

的苯胺紫，将会带来巨大的经济价值——很可能是一种极好的紫色染料。他就申请了专利，辞去了实验室的工作"下海"。1856 年 8 月 26 日，帕金获得了英国政府的专利以后，就在次年即 1857 年，说服他的父亲和联合了他的兄弟，在哈罗附近筹建印染工厂大量生产。经过改进，生产出一种淡紫色染料，深受女士们的欢迎。就连当时的英国女王（1837—1901 在位）维多利亚（1819—1901）也非常喜欢这种淡紫色——有一次穿了这种颜色的裙子出席集会，产生了强烈的广告效应，人们竞相模仿，风靡一时。

从此，人工合成染料工业、煤焦油工业逐渐形成与兴起。帕金也因为涉足染料行业，35 岁就成为百万富翁。后来，他不愿再继续经营染料工厂，就重操旧业，从事化学研究工作。

这两种工业在 19 世纪 50 年代末开始形成之后，对近代工业的繁荣与发展具有重大的意义。

首先，此后相继诞生了一系列的实用人工合成染料（打破了除了远古而神秘的埃及蓝、玛雅蓝、中国紫这三种人工合成颜料，其余的都是天然颜料、染料的局限），有的至今仍在使用，例如下面的几种。三苯甲烷染料——以法国化学家维尔古于 1858 年发现这类染料中的一种"品红"（一说是霍夫曼与维尔古各自于 1857

白布被染成了美丽的紫色

年发明的）为起点。1860 年霍夫曼发明的苯胺蓝——和苯胺紫一样，都属于苯胺染料。德国化学家卡尔·詹姆斯·彼得·格雷贝（1841—1927）和里伯曼（1842—1914）合作，在 1868 年制成的蒽醌染料——二羟基蒽醌（茜素），是人类第一次合成的天然染料。偶氮染料——德国化学家海因里希·卡罗（1834—1910）在 1875 年制得的碱性菊橙，是第一种重要的偶氮染料。靛蓝

海因里希·卡罗

染料——由卡罗和独享 1905 年诺贝尔化学奖的德国化学家冯·拜尔（1835—1917）在 1878 年首先合成。硫化染料——硫化黑即硫化青于 1893 年问世，这是硫化染料的第一个品种，又以其发明者的姓氏命名为"达维尔"。等等。这些染料都是从煤焦油中提取的，所以都属煤焦油染料。此外，在 20 世纪，还先后诞生了分散染料和活性染料。

其次，18 世纪 70 年代以后，冶金工业飞速发展，焦炭的需求量猛增。炼焦的一个副产品——煤气被用来作燃料和照明。另一个副产品——煤焦油却没有找到适当用途，用现在的话来说，它是造成环境污染的有害废物。如何处理这些越积越多的废物，是当时令人头痛的问题。到了 19 世纪初，化学家们相继致力于从煤焦油中分离出苯、萘、萘胺等芳香族化合物加以利用。这些物质的用途有限，且煤焦油中大量的其他成分仍不能利用；而上述逐渐形成的染料工业和煤焦油工

冯·拜尔

业，就可将煤焦油中的多数成分"变废为宝"。这"一箭双雕"的成果，最大的功臣是为此作出许多重要贡献的霍夫曼，起点就是苯胺紫的发明。

那么，我们要问，为什么帕金用重铬酸钾来氧化苯胺的时候会得到紫色的物质苯胺紫呢？原来，他用的工业苯胺（全名烯丙基 –O– 甲苯胺）中含有杂质——P– 甲苯胺。就是它被氧化成了紫色的苯胺紫。

# 罐子漏"油"引出的发明
## ——达纳安全炸药

30 岁的诺贝尔

1867 年 7 月 14 日的白天，英国北部一个矿山的矿石贮存场静悄悄的。英国企业界要人和其他好奇的民众，俯身在一道拦水坝之后，略带惊恐地注视着前方，观看即将上演的惊险剧——"炸药三部曲"……

"轰隆隆！"突然，伴随着用雷管引爆的炸药的一声巨响，碎石从一个矿山的洞中乱飞冲天，大地颤抖，人们急忙下蹲俯卧……

接着，一个 34 岁的小伙子和他的几个助手用废枕木点燃了一堆篝火，然后把好几千克重的一箱炸药放在熊熊火焰之上。人们吓得闭眼抱头——然而，第二次"爆炸声"并没有像大家预料的那样如期而至……

最后，这个小伙子抱着有好几千克重的一箱炸药，跑到矿山的矿石贮存场边，重重地摔下二三十米深的悬崖。人们警惕地等待着再次"轰隆"——然而，这次又让他们"失望"了……

雷管能引爆，大火烧不爆，强力摔不爆——看完这"炸药三部曲"之后，这种只能用雷管引爆的炸药的安全性，完全征服了企业界。这个小伙子的订单，也接踵而来……

那么，导演这"炸药三部曲"的小伙子是谁，用的又是什么炸药呢？

从 19 世纪 50 年代开始，瑞典化学家诺贝尔（1833—1896）就经营着他父亲的火药制造厂。由于当时火药的威力很小，所以他一边经营，一边研究比火药威力更大的炸药。

早在 1847 年，意大利化学家索勃莱洛（1812—1888）就用硝酸作用于甘油，发明了一种烈性炸药——硝化甘油。这种炸药的威力很大，但缺点是受冲击时极易发生爆炸，很不安全。这种炸药不断在世界各地多次意外爆炸，造成重大人员伤亡和财产损失。1866 年 4 月，运送硝化甘油炸药的"欧罗巴"号轮船在海上突然爆炸而葬身鱼腹，船上人员无一幸免，就是其中的一例。连诺贝尔经营的火药工厂也曾因为制造这种炸药而发生过几次爆炸——其中 1864 年的一次，使他的弟弟丧生。当时的瑞典政府也因为他的工厂爆炸事件屡次发生，就下令禁止他在陆上试验，否则将驱逐他的全家。无奈之下，他只好把设备搬到远离斯德哥尔摩的马拉仑湖，继续在船上研制炸药。

为了解决硝化甘油没有引爆就意外爆炸的问题，一种显而易见的办法是在其中填充有孔的非爆炸物质。诺贝尔用纸、木屑、砖头粉和干黏土等进行的试验，都失败了。

为了保证运送硝化甘油炸药时的安全，诺贝尔他们先用罐子装起来，然后在罐子间填上硅藻土——防止因途中摇晃碰撞而引爆。

1866 年的一天，在运输硝化甘油的时候，一个罐子偶然裂开了一个缝，硝化甘油从缝中泄漏在硅藻土里，被这些硅藻土全部吸收了。然而，这次

诺贝尔开办的炸药工厂

事故却引出了大收获——诺贝尔他们意外发现，被硅藻土吸收了的硝化甘油，一点也不怕摇晃冲击，在整个运输途中没有出现任何安全问题。

这个细节引起了诺贝尔的注意。他由此得到启发，经过多次试验，终于在1867年发明了既安全，爆炸力又大的炸药——硝化甘油加硅藻土，用雷管引爆。后来，这种炸药被命名为达纳炸药——前面在英国表演"三部曲"用的炸药。当然，为了证明它的安全性，诺贝尔——前面提到的那个小伙子就到异国他乡去打了"现场广告"。

不过，对上述因为偶然事件发明达纳炸药的说法，据说诺贝尔听了之后很生气。他还郑重声明，他的发明不是偶然的，而是在正确使用各种技术的基础上系统研究的结果。当然，他知道自己的贡献，但也承认索勃莱洛的炸药是新炸药的关键成分，所以认为达纳炸药应该有一个新名字——他将其改名为黄色炸药。

诺贝尔还在1875年发明了三硝基甲苯和硅藻土混合的安全烈性炸药，即甘油炸药爆炸胶。1888年，他发明了无烟炸药，即诺贝尔爆破炸药。1896年，他又发明了更为先进的无烟炸药。

当然，其他科学家也在研制更加"安全"和威力更大的炸药。例如，德国化学家赫普（1851—1915）根据德国化学家朱利叶斯·伯恩哈德·弗里德里希·阿道夫·维尔布兰德（1839—1906）于1863年发现能剧烈爆炸的三硝基甲苯——后来称为梯恩梯炸药（TNT），在1880年合成了TNT。TNT在1892年被确认为是当时最优秀的猛力炸药，之后的1902年，被确定为标准的军用炸药。后来，又有特屈儿[Tetryl的音译，化学式为$C_7H_5N_5O_8$；由荷兰化学家默顿斯（K.

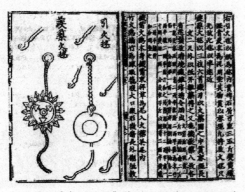

中国古书《武经总要》中关于火药配方的记载

奥克托金的结构

H. Mertens）在 1877 年发明］、太安［季戊四醇四硝酸酯，即 PENT；由德国化学家伯恩哈德·克里斯坦·戈特弗里德·托伦斯（1841—1918）在 1891 年发明］、黑索金［RDX，化学式为 $C_3H_6N_6O_6$；由德国化学家乔治·弗里德里希·亨宁（1863—1945）在 1899 年（1898 年获得专利）发明］，以及奥克托金［HMX，化学式为 $C_4H_8O_8N_8$，是原子弹出现之前的威力最大的炸药和现今军事上使用的综合性能最好的炸药；由德国化学家赖特（G .F. Wright）和巴克曼（E. Bachmann）在 1941 年发明］等猛力优质炸药，被实际应用在各个领域。

此外，在第二次世界大战之后，新型炸药更是层出不穷。例如，美国人哈罗德·F. 勃罗姆（Harold F. Bluhm）在 1969 年发明的油包覆水的乳化炸药。又如，捷克人发明的 C4 塑胶炸药，由聚异丁烯（主要成分）、塞姆汀（Semtex）塑料炸药和白磷等高性能爆炸物质混合而成。因为聚异丁烯的每个单分子是 $CH_2–C(CH_3)_2$，里面有 4 个碳，所以 C4 塑胶炸药简称 C4。C4 可以被碾成粉末状，能随意装在橡皮材料中，挤压成任何形状，如果外边附上黏着性材料，就可以像口香糖那样牢牢地黏附在隐蔽部位，因此被称为"残酷的口香糖"。加上可以轻易躲过 X 光安全检查，而且未经特定嗅觉识别训练的警犬也难以察觉，所以是当今恐怖分子喜欢使用的炸药。

现在，一般把炸药分为起爆药、猛炸药和火药三类。其中火药是大家知道的中国"四大发明"之一——早在大约 3 世纪，我们的祖先就发明了黑火药。

这些炸药的发明，给人类带来了巨大的福音——大大地加快了工程的建设。例如，长达 9 英里（1 英里约 1.609 千米）的阿尔卑斯山隧道，就是用 TNT 炸通的。

诺贝尔是一个大发明家，他的发明专利有 355 项（包括 1867 年发明的雷管），前述炸药仅是他发明的炸药中的主要几种。

一系列炸药的发明，使诺贝尔家族发了大财，然而，诺贝尔并没有将这些巨额财产"据为己有"而带进坟墓，或过多留给家族。遵照

诺贝尔于 1895 年 11 月 27 日在巴黎的遗嘱，将他的一部分财产 3 300 万瑞典克朗（当时约合 920 万美元）作基金，设立了物理学、化学、生理学或医学、文学、和平五项奖——这就是从 1901 年颁发至今的诺贝尔奖。1969 年，又首次颁发了增设的诺贝尔经济学奖。

老年诺贝尔

在科学界能获得包括奖金、奖章和奖状在内的诺贝尔奖，被人们认为是最高的荣誉，也将伴随科学的脚步从昨天走向明天。

# 猫闯祸、提海藻与炼黄金
## ——碘、溴和磷的发现

19世纪初，法国皇帝拿破仑（1769—1821，1799—1815在位）在进行着一场规模巨大的战争。战争所需要黑火药最缺的原料是硝石，所以许多人都在从事硝石的产销。硝石又称火硝、土硝、硝酸钾。黑火药由硫黄粉、炭粉和硝石混合而成。

库尔图瓦

巴黎药剂师、法国化学家伯纳德·库尔图瓦（1777—1838）在硝业经营中，常在诺曼底海岸采集海藻之类的海草，用海草灰来制取硝石——把海草晒干烧成灰后泡在水中，再从滤液里提取硝石。提取硝石后的剩液，则当废物倒掉。

"这种剩液是什么呢，"善于思考、提问的库尔图瓦想，"有没有可利用的物质呢？"于是，他着手对剩液进行实验研究。

1811年的一天，库尔图瓦正在专心致志地做实验，突然"当"的一声巨响，把他吓了一大跳。一看，原来是一只猫把装有浓硫酸的瓶子碰倒了——浓硫酸正好倒在装有海草灰提取硝石后的剩液瓶中。在这一偶然事件中，一个奇怪的现象发生了：瓶中腾起一股淡淡的紫色蒸汽，慢慢充满房间，使他闻到一股刺鼻的臭味，而且蒸汽接触到冷物体的时候不呈液态，而是呈固态黑色结晶。

这是什么原因呢？这紫色蒸汽和黑色结晶又是什么呢？库尔图瓦立即进一步研究剩液。他把剩液的水分蒸发，结果得到一种紫黑色的晶体——和上述紫色蒸汽遇冷之后变成的晶体完全一样。

此时，正值英国化学家汉弗莱·戴维和他的助手法拉第（1791—1867）在法国访问。1813 年 11 月 23 日早晨，法国物理学家安培（1775—1836）和两位化学家拜访戴维，也带来了紫黑色的晶体。戴维只用了一周

碘

时间，就在 12 月 1 日测出了它的化学性质，使法国化学界惊叹不已。对此，法拉第在日记中感慨地写道："在司空见惯的、大家习以为常的物质中，居然发现了新元素……这证明，即使在公认的、已经完全了解的科学部门中，科学也还是处在不完善的状态。"此外，库尔图瓦的只比他小两岁的女婿尼古拉斯·克莱门特（1779—1841）、法国科学家盖·吕萨克（1778—1850）等也独立对这一元素进行过详细的研究。在 1814 年，盖·吕萨克把它命名为碘（iodine，意为"紫色"）。

碘除了用于药物碘酊、碘附等，还用来制造碘钨灯，生物也离不开它——例如人体缺碘就要得"大脖子病"（甲状腺肿大引起）。

海藻的研究，还促使了溴的发现。

青年药剂师、法国化学家安托万·杰罗姆·巴拉尔（1802—1876）也在用海藻提取碘。他先将海藻烧成灰，用热水浸泡，再往里通入氯气，其中的碘就被还原出来。

1826 年的一天，巴拉尔偶然发现，在剩余的残渣底部，有一层褐色的沉淀，散发出一股刺鼻的臭味。

巴拉尔发现溴

这一奇怪的现象引起了巴拉尔的注意。他经过深入的研究后确定，这是一种新元素——溴（bromos，意为"恶臭"）。他把这一发现告知了法国巴黎科学院，不久就得到了承认。他还为此写出《海藻中的新元素》这一论文，发表在刊物《理化会志》上。

溴是在常温状态下唯一处于液态的非金属。它用于制造溴化钾、溴化钠和溴化铵等镇静剂，也用于底片和胶卷等照相材料，在军事上作催泪剂来制造催泪弹……

巴拉尔

发现溴的消息使年轻的德国化学家李比希（1803—1873）大吃一惊——原来，几年前他也发现过类似的现象。但是，他当时却盲目自信，轻率断定那棕褐色的沉淀不过是氯和碘形成的"氯化碘"，没有深入研究而失去了发现溴的良机。

由此可见，机遇到处都有，但不是人人都能抓住。同是偶然发现了奇怪现象，结果却大相径庭——这再次印证了法国科学家巴斯德（1822—1895）的名言："机遇只偏爱有准备的头脑。"

1825年，德国海德堡大学的学生、后来成为化学家的卡尔·雅格布·罗威（1803—1890）将他的家乡克罗茨纳克的一种矿泉水用氯气处理时，也得到一种棕褐色的液体，这就是溴。当他和他的老师——德国化学家利奥波德·格梅林（1792—1860）正在对它进行认真深入研究的过程中，巴拉尔的论文已经发表了。这说明，罗威联合格梅林，以及巴拉尔，都是大致同时独立发现溴的。

李比希失去发现溴的良机后，终身感到遗憾，但是他没有怨天尤人，而是将"氯化碘"这三个字写成标签，贴在自己的床头，并把装溴的瓶子命名为"失误瓶"，以时时警诫自己，不要再犯相同的错误。后来，他终于在化学上做出了重大的发现发明。沿用至今的、由他在1851年发明的测定氰化物的银量法和改进柏林蓝的生产法就是其中两例。

磷的发现更为有趣——"炼金商人"从尿中提炼黄金的结果。

德国汉堡的亨尼希·布兰特（1630—1694）是一位相信炼金术的商人。他听说，从尿里可以提炼出"金属之王"黄金，就抱着图谋发财的目的，用尿做大量实验。1669年，他在一次实验中，将木炭、砂与石灰等和尿混合加热蒸馏。结果，虽然没有得到黄金，却意外得到一种十分美丽的物质——色白质软，能在暗处发出闪烁的亮光。布兰特就给它取了一个名字"冷光"——今天称为白磷。

孔克尔

布兰特对制磷的方法，起初极为保密，但是他发现这种新物质的消息却很快传遍了德国。

后来，德国化学家约翰·冯·罗文斯腾·孔克尔（1630—1702）曾用种种方法打听布兰特的秘密制法，终于探知"冷光"是从尿里提取出来的。于是，他也开始用尿做试验。经过苦心摸索，终于在 1678 年成功。他把新鲜的尿蒸馏，待到水分快干的时候，取出黑色残渣，放置在地窖里，使它腐烂。经过几天之后，把黑色残渣取出来与两倍的细砂混合，一起放在曲颈瓶中加热蒸馏，瓶颈则连接装水的收容器。起初用微火加热，接着用大火干馏，

磷

直到尿中的挥发性物质完全蒸发，磷就在收容器中凝结成白色蜡状固体——这就是白磷。为了介绍磷，他还写过一本叫《论奇异的磷质及其发光丸》的书。

几乎与孔克尔同时，英国科学家波义耳（1627—1691）采用与孔克尔相似的方法，也制得了磷。波义耳的学生汉克维茨（Godfrey Hanckwitz）曾用这种方法在英国制得较大量的磷，作为商品运到欧洲其他国家出售。他在 1733 年曾发表论文介绍制磷的方法，但说得十分含糊。后来，人们又从动物骨质中发现了磷。

白磷又名黄磷，在 34 ℃ 以上能在空气中自燃，其气体极毒（致死剂量 0.15 克 / 人）。此外磷还有红磷、紫磷、黑磷和鲜红磷等同素异形体。磷可用于制造火柴，还可用于配制杀虫剂、杀鼠剂、焰火和烟幕剂等。

波义耳

# 猫儿闯祸之后
## ——贝克兰发明酚醛塑料

"窗前一簇玫瑰花，绿如翡翠红似霞；春夏秋冬放异彩，一年四季都不差。"

这是一个谜语，谜底是塑料花。塑料的种类繁多，其中一种叫酚醛塑料。那么，它是谁在什么时候发明的呢？

1899 年，比利时化学家莱奥·亨德里克·贝克兰（1863—1944）移居美国。从 1906 年起，他重复前人研究苯

贝克兰

酚与甲醛反应来制取酚醛树脂的试验。酚醛树脂——贝克兰树脂，是一种半透明液态或固态物质。

由于贝克兰家的老鼠多，他就安上了一只捕鼠器，并在上面放一些奶酪来诱鼠。

1906 年的一天夜里，贝克兰家的猫"不小心"，差点自己当了"老鼠"——把一瓶酚醛树脂液打翻了，而且不偏不倚，正好倒在捕鼠器的奶酪上。

第二天，贝克兰吃惊地发现，昨夜的奶酪莫名其妙地变得光光滑滑的，而且由液体变成像石头一样坚硬的固体。他仔细一看——原来是奶酪与酚醛树脂混合在一起的产物。

贝克兰受这一偶然事件的启发，经过反复试验研究，终于在 1907 年发明了用苯酚与甲醛反应生成酚醛树脂的方法。通过进一步研究，他发明了生产酚醛塑料的方法，并在同年取得了专利。1907—1909 年，他

进行了小量试产, 1910 年则自己办厂大规模生产, 日产 180 千克。1912 年起, 他又开始生产酚醛塑料的压型粉末, 并以 "BAKELITE" 的商品名称出现在市场上。第一次世界大战结束后, 他又在英、法、德、意、加、日等国设立分厂。从此, 这种塑料的制品就开始流传世界各地。

酚醛塑料是人类第一次由小分子合成的优良实用塑料, 俗称电木或胶木, 是由酚醛树脂加入固化剂 (对液态酚醛树脂) 或熟化剂 (对固态酚醛树脂) 和填料 (如木粉) 制成的。为了证明酚醛塑料的牢固性, 美国著名的派克钢笔公司曾把自己用它制作的各种自来水笔, 向公众做了从高层建筑物上抛下而不会摔坏的表演。美国《时代》杂志也用一篇封面文章, 专门介绍 "合成塑料之父" 贝克兰和他发明的可以 "使用上千次的材料"。

现在, 酚醛塑料已广泛用于电绝缘材料、家具零件、工艺品、配制涂料等领域, 用它制造的电话、绝缘电缆、纽扣、台球和飞机螺旋桨等随处可见。

不过, 贝克兰并不是发明酚醛树脂的第一人, 而是发明酚醛塑料和把它转化为实用商品的第一人。早在 1872 年, 德国化学家拜尔 (1835—1917) 就提到苯酚与甲醛在酸的存在下能形成树脂状的物质——酚醛树脂。他还在 1885 年用实验证明了这一点——制成了酚醛树脂。其后, 许多人都进行过有关酚醛树脂的研究, 例如克莱堡 (W. Kleeberg) 就曾于 1891 年用浓盐酸处理这种树脂状的物质, 得到既难溶又不熔的多孔物质, 但由于无法结晶而停止了研究。

那么, 比利时的贝克兰漂洋到美国, 是用什么钱并建立自己的实验室来从事化学研究的呢? 原来, 他把自己发明的一种对光特别敏感的印相纸, 以 75 万美元 (约合现在的 300 多万美元) 的高价, 卖给了正在为提高摄影效率和质量发愁的美国柯达公司创始人乔治·伊斯曼 (1854—1932) ——这就有了建造实验室的资金。

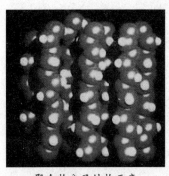
聚合物分子结构示意

# 忘洗玻璃棒之后

## ——卡罗萨斯发明尼龙

1937 年 4 月 30 日，费城一个广袤的湖泊上，一叶扁舟晃晃悠悠。人们纳闷——不知道扁舟的主人是谁，他又到哪里去了……

要回答这些问题，还得从 35 年前说起。

当今世界最大的化学工业公司——驰名世界的美国杜邦公司，由法国移民 E.I. 杜邦创建于 1802 年，位于特拉华州威尔明顿附近的德拉尔小镇。在当时，美国的高分子合成技术还落后于德

卡罗萨斯

国。在这个背景下的 1927 年，杜邦公司董事会决定每年支付 25 万美元作为研究费用，请哈佛大学校长康南特博士代为物色一个有真才实学和魄力的年轻化学家来负责基础研究。康南特找到了他的学生——华莱士·休姆·卡罗萨斯（1896—1937）。

美国化学家卡罗萨斯出生在艾奥瓦州的柏灵顿，1924 年在伊利诺伊大学获得有机化学的博士学位，从 1926 年起在哈佛大学担任教有机化学的讲师，1928 年应聘于杜邦公司设在威尔明顿的研究所，担任基础部研究室主任。他研究的是低分子复合及高分子合成，共在这个公司干了 9 年。

1930 年夏的一天，卡罗萨斯同往常一样，穿着白大褂，早早来到实验室。这时，他偶然发现实验室里一根玻璃棒的尖端粘有乳白色的细丝。他这才想起，是上次实验时忘了洗掉棒上的聚酰胺残余液体——这

些细丝就是液体滴流而成的。

卡罗萨斯好奇地用力拉这细丝，发现它还能伸长，放手后又恢复原状，强度也很大。反复几次都是如此。这时，他受到启发，脑海中闪过一个念头：能不能把这种报废的聚酰

1939 年纽约人抢购刚上市的尼龙袜

胺再加以利用呢？于是他将这种本来很有可能作为废料处理的化合物重新拿出来加热，然后抽成细丝，企图制造人造丝。

经过几年试验之后的 1935 年，卡罗萨斯终于将这一设想变为现实：用己二酸和己二胺合成了一种称为"尼龙"的人造丝。他也因此在 1936 年成为美国科学院院士——从产业部门当选为该院院士的第一个有机化学家。

要让尼龙从"实验室"走向"市场"，却不是一件容易的事，于是杜邦公司调集了 230 名化学家攻关。在花费了 2 700 万美元和 3 年时间之后，终于在 1938 年开始大批生产尼龙丝。同年，尼龙制品正式问世。1938—1939 年，6 400 万双薄如蝉翼的尼龙袜被当作时髦物品，被美国人抢购一空。其中女士们特别青睐，因为这能让她们的秀腿更加迷人。1940 年 5 月 15 日开始的 4 天之内，杜邦公司生产的

1951 年纽约的一家商店的巨型尼龙袜广告

500 万双尼龙袜再次被抢购一空。杜邦公司打出的广告词是："我们生产和钢铁一样结实，细如蛛丝，具有美丽光泽的尼龙丝。"尼龙袜供不应求，使一些商人开始用丝袜来冒充。

由于强度高的尼龙的耐污耐腐蚀性，在第二次世界大战期间，用来制造包括降落伞在内的美军的 100 多种军事装备。

1953 年，弹力尼龙问世，用它制作的袜

子和游泳衣等，当时也很受欢迎。

尼龙是人类最早问世的一种合成纤维。这一发明，结束了人们只用植物纤维和动物皮毛做服装等用品的历史。其后各种人造纤维、合成纤维应运而生。

尼龙是英文商品名 Nylon 的音译（又译作耐纶），常指聚酰胺纤维——例如 1938 年（1941 年投入工业化生产）德国化学家 P. 施拉克发明的聚酰胺 6，有时也指聚酰胺树脂。卡罗萨斯发明的尼龙，学名是聚己二酰己二胺，又叫尼龙 66 或耐纶 66。虽然尼龙的品种很多，都有强度高、弹力好、耐磨等优点，可广泛用来制作衣物、生活用品和尼龙绳等，但其耐热性和耐光性差，极易老化，特别是透气性吸湿性差。当代的尼龙袜等制品，逐渐失去了当初的辉煌。

1986 年，美国《科学世界》杂志组织千百万读者投票评选"20 世纪影响人类生活的十大发明"，尼龙是其中之一（名列第二）。其余 9 项是集成电路、飞机、飞艇、水中呼吸器、石膏绷带、火箭和电视，以及本书将要提到的拉链（名列第一）与电冰箱（名列第十）。不幸的是，尼龙的发明人卡罗萨斯却在 41 岁零两天的 1937 年 4 月 29 日，漂泊在一叶扁舟之上自杀身亡。第二天，人们发现了这叶扁舟，后来得知他服用了氰化物……

卡罗萨斯为什么会在如日中天的时候悄然辞世呢？《塑料》一书的作者史蒂文·芬尼切尔说："我在读了卡罗萨斯的日记以后得出的印象是：他对自己发明的材料被用于生产女人的袜子感到非常沮丧——他是一位学者，这使他受不了。"他觉得人们会认为他的主要成就只不过是发明了一种"平凡的商品"。由此可见，这位"尼龙之父"可能是因为长期抑郁而自杀的。

尼龙渔网

# 瓶内为何有白粉
## ——普伦基特发明"塑料王"

1938 年夏天，位于美国新泽西州杜邦公司杰克森实验室的化学家罗伊·约瑟夫·普伦基特（1910—1994）博士正在研究氟氯烃如何制

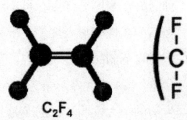

四氟乙烯的球棍模型　　聚四氟乙烯的结构式

备。这期间，为了要解决一个实际问题，他对四氟乙烯的来源产生了兴趣。

当时，四氟乙烯只能在实验室中少量制备，而普伦基特却需要约 45 千克之多，于是他进行了中间试验。他把生产出的四氟乙烯贮于钢瓶中，钢瓶存放在用于干冰制冷的冷库里。他的下一步工作是研究四氟乙烯与其他化学物质的反应，以合成新的化合物。

有一天，在助手的配合下，普伦基特从装有约 1 千克四氟乙烯的小钢瓶中蒸发四氟乙烯，钢瓶放在台秤上。瓶内四氟乙烯气体通过流量计流向反应器，与其他化学物质起反应。实验开始不一会儿，助手就看到四氟乙烯的流动停止了，叫普伦基特注意。普伦基特感到奇怪，怎么才流出这么一点儿？于是他检查了钢瓶重量，发觉钢瓶里还有很多东西，他以为是四氟乙烯，于是把阀门完全打开，并用一根铁丝捅了捅阀门口，但再也没有四氟乙烯流出来。

这就奇怪了，还有一些四氟乙烯到哪里去了呢？他又摇晃钢瓶，

感觉里面有一些固体物在响动。怎么会有固体呢？他只好把阀门拆下，把钢瓶里的东西倒出来。哇！怎么会出来一些白色粉末呢？他要探个究竟，就用一把钢锯把钢瓶锯开，结果得到相当多的白粉末。

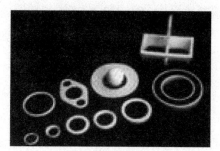

聚四氟乙烯垫片等成品

此时，普伦基特明白了：液体四氟乙烯聚合了——成了固体聚四氟乙烯（PTFE），这白色粉末就是PTFE。于是，他很快对这种白粉末作了鉴定，并确定了制造方法。1941年，普伦基特通过专利首次把PTFE公之于世，他也在1985年进入美国"国家发明家名人堂"（National Inventors Hall of Fame）。

1935年之前，人们普遍认为，乙烯分子中的4个氢全被卤素取代后就不能进行聚合。如果不是由于普伦基特的偶然发现，任凭上述错误看法占据聚合物研究领域，那么PTFE的发明恐怕还得推迟若干年。

PTFE是一种性能极其优异的工程塑料，它的耐化学腐蚀性特好（在王水中煮沸也不起变化），特别耐高、低温（可在 –250~+200 ℃ 范围内长期工作），电绝缘性好，吸水性和摩擦系数都很小（连壁虎也不能爬上PTFE），为其他许多工程塑料所不及，因而有"塑料王"的美称。因为这些优异性能，所以具有极其广泛的用途。例如，美国国家航空航天局（NASA）就曾用它做实验。

NASA的超重宇宙射线实验中聚四氟乙烯保温罩显示冲击坑

PTFE又名特氟隆，商家把它涂抹在不粘锅上。2005年，美国科学家警告说，在烹调食品的高温条件下，特氟隆涂层会分解成可能致癌的物质。

　　当然，PTFE 的这种像孙悟空那样"谁也奈何不得"的性格，有时也是灾难。最近几十年，人们发现一直自由生活的长寿海龟莫名其妙地死亡了。解剖的结果表明，它们吃进了包括 PTFE 在内的不能分解和消化的塑料。在至今科学家还没有找到处理这些塑料的好办法的时候，我们一定不能忽略它们对环境可能造成污染的隐患。

# 气步甲虫的启示
## ——从"二元化武"到"二元汽油"

"气步甲虫"又名"屁步甲炮虫"，生长在南美洲哥伦比亚的森林里，长约1厘米。当它遇到敌害被迫自卫的时候，能够喷射出一股股液体"炮弹"。这"炮弹"不仅有恶臭味，而且伴有轻轻的"噼里啪啦"的射击声，能迷惑、刺激和惊吓敌害。如果这种液体溅落到人的皮肤上，会产生明显的灼烧感，有时还会引起皮肤溃烂。

那么，气步甲虫为什么有这种"特异功能"呢？科学家对它进行解剖分析之后，发现它的虫骨里有三个小室，分别储有对苯二酚（即氢醌，俗称几奴尼）液体、过氧化氢（即双氧水，化学式 $H_2O_2$）和"催化剂"——生物酶（有机酶）。前两个室里的液体如果单独喷射出来，是不起作用的；但是，当前两个室的液体进入第三个室之后，就会与那里的有机酶混合而发生化学反应，瞬间变成温度高达100 ℃的毒液，并迅速喷射出来。

当然，在大自然中，这种"特异功能"并非气步甲虫的专利——许多昆虫都有各自不同的液体"炮弹"，只是它们各自的喷液（气）是不同的。例如，一种俗称"打屁虫"的小昆虫，在遇到危险的时候，就会从尾部喷出有恶臭的气体，让"敌人"因难受而退避三舍。

气步甲虫喷出液体"炮弹"

美国研制出的世界上最先进的"二元化学武器"，就是受气步甲虫的启发而获得成功的。

普通的化学毒剂装在炮弹内不仅腐蚀弹体，且自身也会变质，因而平时大量贮存这种毒剂弹是相当危险的。为了解决这一难题，各国科学家争先恐后地进行了大量的研究与试验，但都没有满意的结果。

一次，美国军事化学家偶然了解到气步甲虫喷液机理之后，大受启发。他们很快成功地解决了当时这一世界性的科研难题，制造出最先进的二元化学武器。

二元化学武器将两种或多种能产生毒剂的化学物质——毒剂中间体，分别装在隔开的容器里。炮弹发射之后，容器之间的隔膜就会破裂，从而使两种毒剂中间体在弹体飞行的 8~10 秒钟内迅速混合而起化学反应，在触到目标的瞬间生成致命的毒剂以杀伤敌人。由于毒剂中间体安全无毒，而且不会变质失效，所以不必为生产

气步甲虫

它建立专门的化工厂，只需在普通民用化工厂生产，就可满足战时之需。由于贮存和运输都很安全，所以能够快速和稳妥地供应前线。

无独有偶，气步甲虫还曾让德寇猖獗一时。在第二次世界大战期间，德国制造了一种新型发动机，这种发动机装在德国的飞航式导弹上。这种导弹在轰炸伦敦的时候造成了英国很大的损失。这种新型发动机，也是德国科学家认真研究了气步甲虫的喷射过程和制放机理后制造出来的。在 20 世纪 60 年代，苏联也对这项技术进行过研究、提高，广泛应用在各式飞机上。

当然，气步甲虫也能用于和平——受它的启发，专家们正致力研制"二元汽油"。

汽油火灾，是和平和战争时期造成人员巨大伤亡和财产损失的大问题——原因是汽油易燃而且有时还引起剧烈的爆炸。那么，有没有

办法让它在不该燃烧的时候"不发火"呢？

一种方法是，把油箱分成两个，分别贮存不能独立燃烧的汽油中间体，让它们在进入发动机前才混合，变成可燃烧的汽油。这样，一旦一个油箱被撞击或击中就不会引起燃烧，即使两箱同时受损，也会因为它们分设在两处难以混合而避免起火。另一种方法是，将普通汽油与某种流体混合，变成不可燃液体，在进入发动机之前用特殊的装置将它分离，还原成普通汽油。目前，研究进展较快的是后一种，据说，某国军方已处试验成功的保密阶段。

大家都期待着二元汽油早问世，以解决世界普遍的"燃车之急"。

# 小山村里的奇遇

## ——萨古拉发现麦角酸致幻剂

一支烟、一杯酒、一粒糖……就能使人致幻入魔，不能自已——犯罪分子在其中加入了致幻剂和麻醉剂之类的物质。

那么，致幻剂类物质是怎么发现的呢？

阿兹台克人祭祀太阳神

在 16 世纪，西班牙修道士萨古拉漂洋过海来到墨西哥南部一个偏僻的小山村。

一天夜里，小山村一切都像浸入墨汁之中。

兴许是白天传教太辛苦的缘故，两鬓斑白的萨古拉早早就坐进被窝，凑着昏暗的油灯阅读小说。看着看着，瞌睡来了，他干脆"噗"地吹灭了灯，沉沉地睡着了。

深秋的夜晚，屋外的秋虫此起彼伏唱个不停。突然，夜空中传来几声孩子的尖叫和妇女恐怖的喊声，萨古拉猛地惊醒，不禁毛骨悚然——他感到有点不对劲，就披衣起床，点亮了油灯。

萨古拉知道，村民们全是勇猛善战的阿兹台克人的后代，像祖先一样信奉太阳神兼战神惠齐洛波特利。在古代，阿兹台克人过游牧生活达两个世纪之久，以后又在特斯科科湖岛上的特诺奇蒂特兰城建立起强大的帝国。然而，强盛的阿兹台克帝国竟在短短的时间内被西班牙殖民者毁灭了——至今只留下岛上的历史陈迹供后人凭吊。村民们却恩怨分明，他们从不把西班牙人萨古拉当作敌人，总是无微不至地关怀这位孤身在外的传教士。即使如此，有一件事萨古拉却一直闷在心里——他们老是借故不让他接近村西的一间茅屋。茅屋内到底有什么不可告人的秘密呢——萨古拉决心乘着天黑去查个明白。

萨古拉摸索着点亮了松明，带上了防身武器，拉上了房门，朝西面走去。几分钟后，他来到了茅屋前。

茅屋的门关着，但里面鼾声此起彼伏——如响雷，似惊涛。"有人！"萨古拉想，"我还是别冒失！"他深知阿兹台克人的规矩——祭祀太阳神的时候，决不允许外人特别是白人前去打扰。要不要进去？萨古拉不由得迟疑起来。不进去，永远解不开这个秘密。闯进去吧，很容易引起误会，而一旦产生误会，以后的传教工作还怎么开展？萨古拉考虑再三，还是壮着胆子上前轻轻叩起门来。"笃笃笃"，敲门声在寂静的夜空里传出很远，但始终没人来开门。他上前一推，"吱呀"一声，门应声而开。

萨古拉硬着头皮走进屋去，一股浓烈的血腥味呛得他好难受，他只得暂时屏住呼吸。在火把的映照下，他看见全村的居民一个不落——男女老少东倒西歪地躺在这间神秘的大茅屋中，全都脸色潮红地昏睡着，发出了震耳的鼾声，连几头牧羊狗也呼呼大睡。

萨古拉小心翼翼地跨过横七竖八的人堆，来到茅屋中央的一张巨大的供桌前。供桌上一头山羊已被开膛破肚，鲜血滴滴答答地流了一地，令人目不忍睹。四周的火堆刚刚熄灭，他的火把也快要熄灭了。借着最后的火光，萨古拉在供桌上发现了几只淡紫色的"牛角"。他想，这大概是印第安人吃剩的食物吧。他拿起一只"牛角"，咬了一口。咦，又苦又涩，一点不好吃。于是，他一把扔掉了"牛角"，迅速离开了茅屋。

回家途中，火把灭了。萨古拉只得摸索

麦角菌

着，也不知摔了多少跤——终于跟跟跄跄地回了家。

萨古拉匆匆擦洗一番，再次上床睡觉。可怪事恰恰在此时发生了——不知怎么的，老是睡不着，眼前每每浮现一些奇怪的影子：青铜色的火鸡，张牙舞爪的美洲豹，各种各样的妖魔鬼怪……

霍夫曼

萨古拉干脆重新点起灯来，将自己的奇遇原原本本写在日记本上。在日记的最后一页里他记下了自己的疑问：村民们为什么全都昏睡过去？"牛角"到底是什么东西，吃了它为什么会产生幻觉？

时光飞逝，萨古拉的疑问渐渐被人淡忘。由于一个偶然的机会，他遗留下来的神秘日记被一对美国夫妇——银行退休职员约翰和儿科医生沃森发现。他俩业余爱好研究人种学和人类发展史，激动地读完日记后，他俩决定立即前往那个墨西哥小山村。结果，他们成功地偷出了几只"牛角"，并马上给美国的海姆博士寄去，还写了一封信。

经过海姆的亲身验证，那牛角状的东西里含有一种使人产生幻觉的真菌——麦角菌（*Clavieps purpurea*）。海姆还把自己的发现和约翰夫妇的样品寄给瑞士化学家阿尔伯特·霍夫曼（1906—2008），请他帮助分析致幻物质的化学成分。1938 年，霍夫曼提取了麦角菌的致幻成分麦角酸，并偶然在 1943 年 4 月 16 日"亲身体验"——一些麦角酸粉末不小心洒在手上之后，他昏迷了两个小时之后才逐渐醒来。用麦角酸制成的化学物质麦角酸二乙基酰胺（又名麦角二乙胺），一般简称 LSD，能够改变使用者的心情、思想与观念，让人产生听觉、视觉或感官上的幻觉、妄想或梦幻状态，甚至使人精神失常，所以 LSD 曾作为"快乐仙丹"或"疯子药"，引起过巨大的争议。霍夫曼也因 LSD 和研发了许多其他重要药品，在 2007 年英国的一份"世界天才排行榜"中名列第二——仅在"互联网之父"之一的英国计算机科学家迪姆·伯纳斯·李（1955— ）之后。

其实，中国人很早就发现了致幻植物——在《神农本草经》中就有记载。与致幻剂类似的药——"蒙汗药"或"迷魂汤"，更是广为人知。南宋时期，一些致幻植物就被蒙汗贼制成蒙汗药。古典小说中的"鸡鸣三更断魂香"，就是一种蒙汗药。《水浒传》中孙二娘开的店，靠蒙汗药蒙翻有钱的客商；吴用等智取生辰纲，也是在酒中投入蒙汗药，将押送金银等物的杨志一行麻倒而遂案的。中国云南的小美牛肝蕈和华丽牛肝蕈，南方的野荔枝——俗称"疯人果"，误食之后也会引起各种奇怪的幻觉。

在世界各地，也有许多致幻植物。阿拉伯有一种灌木的黑色果实，人吃了以后会傻笑半小时之久。墨西哥的裸盖菇，被印第安人誉为"神之肉"，吃了以后会让人产生看见绚丽风景或几何图案等的幻觉。美国西部印第安人部落居住区的一种仙人掌，误食以后会出现光怪陆离的幻觉。在1896年，一个叫海夫托的西方人，首先从仙人掌中分离出致幻物质——仙人掌毒碱。

至今，科学家们已经陆续发现了100多种致幻植物，其中的化学成分有植物碱、糖苷、皂素和毒蛋白等。

1962年，科学家们用给大象注射致幻药的实验来检验效果。结果，一头狂怒的大象在被注射了297毫克（人承受剂量的3 000倍）致幻药之后，轰然倒下并在不到1小时里死去。在2007年10月，这个实验被英国《新科学》杂志评为"世界历史上最怪异十大科学实验"之首。

致幻物为什么能使人产生幻觉呢？

原来，在人的大脑和神经组织中，存在着一些特殊的化学物质——中枢神经媒介物质。这些中枢神经媒介物质像信使一样，担负着调节神经系统的机能活动

用麦角酸制成的麦角酸二乙基酰胺，又名麦角二乙胺，简称LSD

和协调精神功能的重要使命。多数致幻物质的化学成分和中枢神经媒介物质的分子结构极其相似，因而在人的大脑中"以假乱真"，参与和影响神经传递代谢活动，扰乱脑的正常功能，导致神经分裂症的出现，使人产生种种离奇古怪的感觉。

例如，自然界中许多植物中含有的生物碱，就有这样的"以假乱真"妨碍大脑发挥正常功能的作用。不同种类的生物碱作用于人体有不同的症状，有让人的精神失常，有的让人兴奋不已，有的让人神志恍惚，有的则让人昏然沉睡。由于致幻物质生物碱成分不同，以致人体失能后产生不同的症状。

不过，至今还有许多谜还没有揭开。例如，为什么会出现前面那些幻觉，而不是其他幻觉？吃了麦角菌的动物为什么没有癫狂的反应？阿兹台克人为什么把麦角菌供上祭台……

随着科技的发展，一些能使人致幻的植物被研制为医用麻醉药——有的比植物的致幻失能作用还厉害，微剂量即能使人精神失常。一些具有失能作用的化学物质，还被研制为军用失能剂。例如，英国军队曾对正在进行野战训练的海军陆战队士兵，施放了微量的神经性毒剂。结果，中毒的士兵在 5 分钟内失去正常神志；30 分钟的时候开始傻笑，接着把一切忘得一干二净；50 分钟之后开始神经错乱，继而完全丧失战斗力。

小美牛肝蕈

当今社会，用迷魂药类作案的例子并不鲜见，只要人们多一点科技知识，提高警惕，不听"甜言蜜语"，不要"天上掉下来的馅饼"，不贪不占，是不难进行防范的。

# 一张毛皮引起轰动
## ——神甫发现"大熊猫"

1862 年 2 月一个平常的春寒料峭的日子，法国南部的马赛港，法国生物学家让·皮埃尔·爱尔芒德·戴维（1826—1900）神父从这里启程，前往遥远的东方。这年，他 36 岁，被派往中国天主教苦修会工作。由于他在生物研究上颇有造诣，因此巴黎自然历史博物馆（Muséum National

戴维的石像

d'Histoire Naturelle）馆长亨利·米勒·爱德华兹（1800—1885）教授就让他搞"第二职业"——帮忙采集中国的生物标本。

19 世纪的欧洲，正处在一个重要的转折点上，经历了世界地理大发现和海外殖民地的血腥扩张之后，工业革命的潮流正推动着社会飞速前进。新事物有如强力的磁铁——强烈地吸引着人们去探索发现。

1865 年，戴维来到北京。除了完成本职工作，他经常到北京周边采集生物标本，并把它们整理好寄回巴黎。

不久，戴维在上海遇到一个来自穆坪（在今天四川省雅安市的宝兴县）灵宝学院的中国学生。那个学生告诉他，他们学院的法国院长已经在穆坪采集了许多植物标本，准备运回国内。这一消息使戴维非常兴奋，他下定决心要"开发西部"。

1867 年 2 月底，戴维到达穆坪担任神父。1869 年 3 月，在当地向导的带领下，他翻越大瓮岭，来到邛崃山脉中段被原始森林覆盖的邓池沟。多年野外考察的经验告诉他——这里正是他久久萦怀的梦想之地。

爱德华兹

初来乍到的戴维遇到了一个难题——这里的头目出于宗教的原因，刚刚重申了禁止狩猎的法令。当地的猎户对此不屑一顾，所以戴维没费多大的周折就拿钱把他们收买了——为他猎取动物标本。

戴维来到邓池沟的第 11 天，即 1869 年 3 月 11 日，在上山采集标本回来的路上，被一个姓李的人邀请去做客。在李的家里，他看到了一张从未见过的大而奇特的黑白兽皮。就像是命运在冥冥中指引，他忽然之间就接近了一个必将轰动世界的神秘动物。

在接下来的日子里，戴维焦急地等待着——雇请的猎人带回来他热望的动物。由于这种动物闻所未闻，他只好给它临时取了"白熊"这个名字。12 天之后，猎人们为他带来了一只死了的幼年白熊。又过了一个星期之后的 4 月 1 日，他还得到一只同样的"黑白熊"——只是黑色不那么纯，白色部分也比较脏污。戴维迫不及待地将这一偶然发现函告巴黎的爱德华兹后，非常惊奇的爱德华兹及时把这个惊人的消息刊登在博物馆的新闻公报上。

当戴维把"黑白熊"标本送到巴黎展出之后，立即引起了轰动。人们从兽皮上看到一张圆圆的脸，被两圈圆圆的黑斑围着的眼睛——就像戴着时髦的墨镜，精妙的黑耳朵、黑鼻子、黑嘴唇……

这简直就是戏剧舞台上化妆的效果，太不可思议了。于是有人断言，这张来自中国的皮毛绝对是伪造的；但爱德华兹为它"平了反"——经过仔细研究它的皮毛和骨骼之后，他断然否定了伪造的说法。于是，它被巴黎自然历史博物馆定为新物种，命名为"大猫熊"。

1870年，爱德华兹发表了题为《论西藏东部的几种哺乳动物》的文章，认为"黑白熊"虽外貌与熊相似，但骨骼特征和牙齿系统与熊的区别十分明显——确信"黑白熊"是一种新属，就命名为"大猫熊"。

发现"大猫熊"的消息传到美国之后，美国总统（1932—1945在任）富兰克林·德兰诺·罗斯福（1882—1945）的两个儿子，就成了"老外"中最早的"'大猫熊'杀手"——他们合作枪杀了一只成年雌体"大猫熊"。接踵而来猎杀"大猫熊"的，还有德国人谢弗（1931）、美国人塞奇和谢尔登（1934）、英国人布罗克赫斯特（1935）等，但是，他们谁也没能带走活着的"大猫熊"。于是，捉到一只活的"大猫熊"成为许多年轻探险家的梦想。

露丝·伊丽莎白·哈克内斯（1900—1947）——一个充满探险热情的年轻美国服装设计师，因为同样的爱好，她结识了几乎是职业探险家的男友比尔·威廉·哈克内斯（Bill William Harkness，？—1936）。比尔踌躇满志地告诉露丝，他的下一个计划是到中国去，而且发誓说，一定要捉到活的"大猫熊"带回美国。露丝对此心驰神往，她希望比尔能带她一起去，但是比尔说，在一个全是男人的世界里，是没有女人的位置的。

1934年9月，在他俩的婚礼结束仅两周后，比尔和他的探险小组出发了。他们在中国遇到了前所未有的大麻烦——当时，中国工农红军穿越四川，国民党部队围追堵截，中国西部地区被完全封锁。在美国的露丝焦急不安地等待着丈夫的消息。在1936年的早春二月，她等到的是丈夫因患食道癌在上海去世的噩耗。他俩有一个与露丝"不太合

在中国捕杀大熊猫的罗斯福总统的两个儿子

得来"的合作者——出生在日本的美国人弗洛伊德·丹吉尔·史密斯（1882—1939），后来成为向国外偷运"大猫熊"数量最多的人。仅在 1936—1938 年间，他就在四川汶川收购了 12 只活体大熊猫，但最终只有 6 只被活着运到英国。不过，他并不是第一个将活体"大猫熊"带

露丝在四川穆坪

往国外的人。那么，谁是第一个将活体"大猫熊"带往国外的人呢？

支持露丝从悲痛中走出来的动力，是要到中国去继续完成丈夫的遗愿。经过短暂的准备之后，1936 年 4 月 17 日，露丝只身从纽约登上了去中国的客轮……

露丝从上海登岸，料理了比尔的后事之后，就在北京和南京办理各种手续。1936 年 9 月 26 日，她和一个美籍华人杨昆廷（Quentin Young，又名杨帝霖，1911—约 2003）从上海乘船，沿长江前进了 2 000 多千米，拐进岷江北上，进入了四川汶川县的高山地带，开始了寻找大猫熊的艰苦历程。

同年 11 月 8 日下午，露丝、杨昆廷和两位当地猎手出发后，终于 11 月 9 日 8 时多爬上一个海拔 3 000 米的险坡。在穿越一片大雪覆盖的竹林的时候，忽然听到一声枪响和动物的叫声。他们顺着声音走进竹林，突然，从一个枯树洞里传来一种类似婴儿的啼叫声。他们走近以后，看到的是一个毛茸茸的小东西。当露丝把这个小家伙抱在怀里的时候，简直不敢相信，这就是那个在西方流传了半个多世纪、许多人梦寐以求的神秘动物"大猫熊"的幼仔。当时，它还不到 1.5 千克，出生也就 10 多天。他们以为这只幼仔是雌的，就取名为"苏琳"（Su-Lin）。

露丝带着苏琳迅速返回成都，然后乘飞机直奔上海。

当时，由于前往中国猎捕"大猫熊"和其他珍稀野生动物的人很

多，中国已经明令禁止将这些珍稀野生动物带出中国；在朋友的帮助下，露丝以2美元的"贿赂"，带着苏琳登上了美国客轮"麦金莱总统"号。她的海关登记表上写着："随身携带哈巴狗一只，价值20元。"

就这样，历经800万年沧桑演化的活体"大猫熊"，被一名普普通通的服装设计师露丝——而不是动物工作者或探险家，第一个带出国门。

当露丝带着苏琳登上旧金山海岸的时候，正值1936年圣诞节前夕。苏琳在热情的鼓号声中，踏上了异国的国土。美国人以他们特有的方式，来庆贺这意想不到的喜事。纽约探险家俱乐部特地为苏琳举行了隆重的欢迎仪式。随后，苏琳被送到布鲁克菲尔德动物园，立即成为芝加哥的超级明星。人们从四面八方来争睹"苏琳小姐"的芳容——最多的一天达4万人，当年的参观人数也创造了历史新高。

伴随着"大猫熊"的发现和走向世界，对它的命名也一直争论不休。最终，爱德华兹取的"大猫熊"被普遍采纳。

1939年，重庆平明动物园举办了一次动物标本展览，其中"大猫熊"标本最吸引观众。它的标牌采用的是国际流行的书写格式。由于中文的读法是从右往左读，所以参观者一律把"猫熊"读成"熊猫"。久而久之，"大猫熊"叫成了今天的"大熊猫"。

中国古代已经发现了大熊猫。中国古书上用的是貘、貔、白罴等怪异的名字，民间则俗称为"花熊"或"竹熊"。据日本史料记载，唐朝女皇武则天（624—705）曾将一对活体大熊猫和70张大熊猫皮作为国礼送给日本天皇，开创了由它充当"和平大使"的先例。

大熊猫通过传教士（而不是动物工作者）戴维之手的惊世"亮相"，是一次偶然，但

露丝和苏琳

这一偶然说明了科学史上的一个有趣现象：一些未知的事物和现象，常常会以这种偶然的形式被人们意外发现。

之所以如此，是因为奥妙无穷的大自然还充满着许多未解之谜。由此可见，科学发现的认识过程是曲折复杂的——不可能循着一个预定的方案达到目标，科学探索往往是既有目的性，又有意外性。在这里，机遇所引发的偶然性，往往是揭开科学发现的"契机"。虽然它也常常走出幽居的"深山"，进入我们的眼帘，向你透露出它的一点信息，但是，在不经意的"掩盖"之下，它的"本质"始终难以被认识。感谢敏感的戴维的"慧眼"——在机遇出现的时候，从偶然中抓住必然，意外地为世人发现了这个中国的稀世国宝。

当然，戴维的成功，也有专家爱德华兹的"一半"——如果不是他的研究鉴定，大熊猫在世人面前公开亮相，还要假以时日。这也说明，一个科学新发现，是要经过认真的科学探索、鉴别和研究，才能被真正认识。否则，前期所有的努力都将会付诸东流。由此可见，在探索未知事物的过程中，不仅要做到随时警觉、仔细观察，做个"有心人"，还要掌握一定的专业基础知识和进行深入的科学研究。科学研究的目的和任务，就是通过研究其偶然性揭示出它背后隐藏的必然性。不然，即使碰到了机遇，你也不可能从偶然中抓住必然，从而看到"庐山真面目"。

中国的国宝——大熊猫

科学发现是一切发明创造的起点，也是科学精神的重要体现。从大熊猫的发现中得到的启发是：随时睁大发现问题的"眼睛"，才能有所创新！这让我想起了一句名言：生活中不是缺乏问题，而是缺少发现问题的眼睛。

# 它使人们"大吃一惊"
## ——里奇发现左螺旋 DNA

1953 年 4 月 25 日，英国《自然》杂志刊登了美国生物学家沃森（1928— ）和英国生物学家克里克（1916—2004）在英国剑桥大学合作研究的成果：发现 DNA（deoxyribose nucleic acid）即脱氧核糖核酸分子的双螺旋结构模型。他们的研究成果，是根据在伦敦国王学院工作的两位科学家的结果做出的 [ 英国女科学家弗兰克林（1920—1958）拍摄的高清晰度 DNA 结构的 X 光照片和英国威尔金斯（1916—2004）的 X 光衍射资料 ]，因此，除了弗兰克林早逝，其余 3 人共享了 1962 年诺贝尔生理学或医学奖。

沃森等发现的 DNA 结构，在后来被称为 B 型（占 99% 的 DNA 是这种右旋螺旋结构，也是我们常说的一种），因为人们又先后发现了 A、C、D 型结构。由于这 4 种结构都是右旋的，所以在那时所有

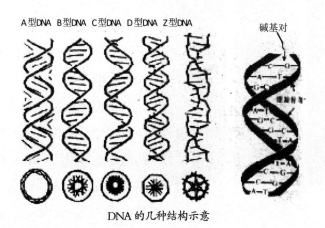

DNA 的几种结构示意

的文献上都无一例外地写着：DNA 是右旋双螺旋结构。

虽然克里克等破译了 DNA 的一级结构，但是许多重大的奥秘仍需人们去探究。比如，一个受精卵细胞如何发育成具有数万亿细胞的生物体？这些细胞各有各不同的分工，但却含有相同的基因，那么基因是怎样被控制的呢？

人们至今不能解决这些问题。为此，各国科学家提出了许多不同的观点，出乎意料的一种观点是：DNA 是一种动态分子！这与 1953 年的简单模型有天壤之别。这种观点认为，DNA 的细微结构变化可能在控制基因方面发挥关键性的作用。其中最吸引人的观点是提出了一种异乎寻常的 DNA 左螺旋结构。

1979 年，美国麻省理工学院的里奇教授和他的小组，用 X 光衍射法研究人工合成的 DNA 小片段结构的时候，偶然发现了这种 DNA 分子的碱基对被完全颠倒了：它们的分子竟缠绕成一个左螺旋而不是右螺旋！他们将其命名为 Z-DNA。从此，人们如梦初醒地大吃一惊："对 DNA 的研究才刚刚开始。"

其实，DNA 的结构模型并非只有双螺旋这一种，而是有包括三螺旋结构在内的许多种。例如，在 1990 年，中国科学院就用自制的扫描隧道显微镜，在世界上首先观察到了三瓣状的 DNA。事实上，迄今发现的 DNA 的结构模型超过 9 种——其中不但有三螺旋结构，还有三螺旋结构的重叠即所谓"结节 DNA"。随着研究的深入，还会发现更多的非双螺旋结构。在 2004 年 3

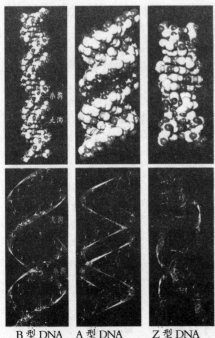

B 型 DNA　　A 型 DNA　　Z 型 DNA
三种 DNA 的结构模型

月，美国南加州大学的科学家迈克尔·利伯还发现，双螺旋以外的特殊 DNA 结构也存在于人体的活体细胞中，但通常是疾病的根源。

对于非双螺旋的 DNA 结构，是否就一定是非主流的、异常的呢？至今科学家们还不能回答。根据"参差多态原理"，很可能有正常而非致病的非双螺旋的 DNA 结构存在。

这些事实和推测进一步表明，我们对 DNA 的研究还"仍在路上"。例如，由韩国成均馆大学的河圣哲博士和金璟圭教授，以及中央大学的金洋均教授组成的联合课题组曾宣布，他们在全球范围内率先破译了右旋 B 型 DNA 和左旋 Z 型 DNA 对接部位的三维结构。

2018 年 4 月的一期英国《自然·化学》杂志，发表了澳大利亚科学家首次在人体活细胞内发现了一种新的 DNA 结构——被称为"i-基元"（i-motif）的"DNA 扭结"的研究成果。这一成果表明，除了双螺旋 DNA，还有更复杂的"四链'结'"结构"i-基元"。这一结构，"或与基因打开和关闭有关""可能影响多种疾病""也影响人类的生物学功能，而且很可能对我们的细胞至关重要"——有关研究人员说。

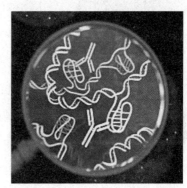

"i-基元"DNA 结构的模拟图

# 治酒醉摔伤病人之后
## ——华佗发明麻沸散

华佗

中国东汉末的华佗（约 145—208），虽被誉为中国的神医，但有一件事常使他深感不安——动手术的时候没有麻醉药，病人常痛得厉声惨叫，死去活来。

一次，华佗在鲁南行医。一天，几个人抬着一个受伤的汉子来找他治疗——这汉子是自己跌到沟里把腿摔断的。同往常一样，华佗给他做了手术。这次他奇怪地发现，这汉子不但没有痛苦地挣扎、呻吟，反而软绵绵的，任人摆布，好像一点感觉都没有似的。这是什么原因呢？华佗在手术后得知，这人是喝醉了酒才摔到沟里的。正因喝醉了酒，人才没有痛苦的感觉。

"如果能制出一种药，在手术之前给病人吃下去，使他像醉了一样，动手术时病人不就没有痛苦了么？"华佗受此启发，这样设想。于是，他就处处留心、时时注意收集这方面的资料。经过多年的多次试验，他终于制成了一种中药麻醉剂——"麻沸散"。他曾用麻沸散给一个船夫麻醉，治好了船夫的阑尾炎。这一重要发明，已经载入医学史册。

华佗发明麻沸散的伟大创举，不是天生的，也不是祖传的，而是他和他的亲生儿子、妻子冒着生命危险通过亲自实践换来的。华佗绞尽脑汁、冥思苦想，到处访问、寻求，并以他的亲生儿子沸儿的生命

华佗奔走行医

为代价，终于制成了"沸心汤"，即麻沸散。这个药名，就是为了纪念他的沸儿取的。

华佗在医学上的贡献不只是发明麻沸散，他还根据虎、鹿、熊、猿和鸟等动物的动作与姿态，创造出"五禽戏"的体育疗法等等。

华佗曾当过曹操（155—220）的侍医。他在看到曹操专权，而自己又不能给百姓治病后，就假借妻子有病脱身回家。曹操病重后"累呼之不应"，就派人把华佗押回许昌，软硬兼施迫他从命。华佗坚辞拒绝，最终被曹操杀死。由于华佗行医遍及今河南、山东、江苏和安徽等地，深受当地人民的欢迎和尊崇，所以在他行医过的地方都有他的墓地。例如，在许昌的华佗墓地，虽然1 700多年过去了，但仍然完好无损——而其间许昌许多名胜古迹早已荡然无存。

华佗发明麻沸散的史实，在史书《后汉书·华佗传》中也有记载："若疾发结于内，针药所不能及者，乃令先以酒服麻沸散，既醉无所觉，因刳剖腹背，抽割积聚。若在胃肠，则断截湔洗，除去疾秽，既而缝合，傅以神膏，四五日创愈。"这就是说，如果疾病发生在胸部，用服药或针灸的方法治不好时，就可施行外科手术。手术前先给病人用酒送服麻沸散，不久病人就会像酒醉一样失去知觉。此时，就可以用手术刀打开腹腔，切除肿块，除掉污秽，然后接通吻合内部器官，缝合外部切口，再涂上药膏。四至五天后，伤口就会逐渐愈合。

华佗的麻醉术对后世有很大的影响。自华佗以后，历经

始建于唐宋年间的华祖庵：祭祀华佗的庙祠

宋、元、明、清诸代，麻醉术均有所发展，并由全身麻醉发展到局部麻醉。华佗的麻醉术在国外也有很大影响。美国有位叫拉瓦尔的药学家，在一本叫《药学四千年》的书中写道："一些阿拉伯权威提到吸入性麻醉术，这可能是从中国人那里演变出来的。因为据说'中国的希波克拉底'华佗曾运用这一技术，把一种含乌头、曼陀罗及其他草药的混合物应用于此目的。"在日本，古今医学家很早以来就推崇华佗在麻醉术方面的发明。这里提到的希波克拉底（约公元前460—前377）是古希腊的医学家——人称"西方医学之父"或"西方医圣"。著名的"希波克拉底誓言"——希波克拉底之前就零星流传的、规范医生行为的行医誓言，就是由他用文字记录和整理而流传至今的。

华佗虽然发明了麻沸散，但最早问世的麻醉药是战国时代的名医扁鹊（公元前5世纪）所研制的"毒酒"。

中国古代的麻醉方法很多，如放血麻醉、压迫颈部血管麻醉、冷冻麻醉、催眠（精神）麻醉、药物麻醉、针刺麻醉等。其中以药物麻醉最常用，历史也最悠久。古书《列子》里的"汤问"篇，记述了扁鹊医术高明，手到病除的一个故事：一天，有两个人来找他看病，扁鹊诊断这两个人都患有心脏病，决定施行手术治疗，把两个人的心脏对换一下，做这样的手术必须全身麻醉，扁鹊就给他们喝下"毒酒"，然后做了换心手术。

古代所谓"毒酒"，是指吃后身体发生剧烈反应的麻醉药物，但没有记载具体成分。不过"毒酒"中的酒本身的确有一定的麻醉效果——醉酒的人会出现昏迷、头重脚轻、跌跌撞撞的症状，有的被摔得头破血流仍不觉得疼痛。这一现象引起了包括扁鹊在内的医家注意，致使扁鹊把酒中加上药物研制成麻醉药——"毒酒"。

希波克拉底

前述《列子》中的故事，当然有些言过其

实。在当时的条件下做换心手术，即使扁鹊的医术再高明，也解决不了人体对异体移植器官的排斥免疫反应——一个当代医学也没有完全解决的问题；但是，他用麻醉药的方法，便于施行外科手术进行治病尝试，这却是可信的。

在国外，也曾有过麻醉术。例如古印度、古巴比伦、古希腊等国，曾用大麻、曼陀罗花根及鸦片等制成麻醉剂，用酒精性饮料送服。印度古书在介绍麻醉术的时候，也提到如肝脏复位这类难以置信的外科手术。在时间上，这些史料都较扁鹊所用的"毒酒"要晚。

扁鹊

华佗之后 1 500 多年，美国人威廉·莫顿（1819—1868）等发明了西药麻醉剂，并逐渐取代了中药麻醉剂。这是由于西药麻醉剂具有生效和部位易于控制等优点，所以现在经常用于临床。

# 一群"洋人"的发明

## ——西药麻醉剂

威尔士

1844年11月，在美国东北部的康涅狄格州哈特福德城街头，贴出不少五颜六色的广告："欢迎自愿者吸入愉快的'笑气'，每张门票收费25美分。"

原来，是一个名叫科尔顿的化学家要进行公开表演：说谁吸入了他的笑气（氧化亚氮），就会发笑，然后失去知觉而昏昏入睡。

同年12月10日，公开表演在该城哈佛联合厅进行，8个彪形大汉在舞台前一字排开。科尔顿打开装有笑气的瓶子，一位名叫库利的药房店员自告奋勇吸入笑气后，立即半昏睡起来。接着，他突然从半昏睡中一跃而起，兴奋起来，神志错乱地大叫大闹，还到处奔跑。他一不小心被椅子绊倒，大腿根部被划破了个大口子，鲜血涌泉般地流淌不止，在他走过的地上留下一道殷红的血印，但他不觉疼痛，从围栏上跳出去追逐观众。围观的人们被惊呆了，惊叫着向四周奔去……

表演成功了！

那么，科尔顿为什么要打广告做这样的试验表演呢？

1799年，英国化学家汉弗莱·戴维首先发现英国化学家普利斯特利（1733—1804）所说的"脱燃素空气"（即氧化亚氮），有一定的麻醉作用。戴维曾赋诗描述他吸入后使人情不自禁发笑的有趣情景。后来，人们就把它称为笑气。这一消息传到美国后，就引出了科尔顿的试验。

科尔顿的表演虽然结束了，但表演者受伤而丝毫没有疼痛的情状，却给在场的霍勒斯·威尔士（1815—1848）——康涅第克州哈尔福特城的牙科医生，留下了非常深刻的印象。于是，他立即请科尔顿给他一些笑气，开始对它的麻醉作用进行试验研究。第二天，他就在该城的一家医院为他的学生里格斯使用了笑气麻醉法，成功地拔掉一颗坏的臼牙。

然而，接下来这位从偏远乡镇来的威尔士就不那么幸运了。

1845 年 1 月，威尔士来到波士顿的马萨诸塞州（麻省）总医院，公开进行无痛拔牙表演。他先让病人吸入笑气，使病人进入昏迷状态，随后就做起了拔牙手术，也取得过一些成功。一次，威尔士请他的朋友威廉·莫顿

莫顿

（1819—1868）安排，在哈佛医学院的教授 J.C. 华伦医生的学生面前做无痛拔牙表演。由于病人吸入笑气的量不足，麻醉程度不够，威尔士的钳子夹住病人的牙齿刚刚往外拔，就疼得那位病人"啊呀"一声大叫起来。众人见了，先是一惊，随后就对威尔士投去轻蔑的眼光，指责他是个"骗子"，把他赶出了医院。

威尔士的表演失败了，他的精神也崩溃了。他转而认为手术的时候要疼痛，是"神的意志"。于是，他放弃了对麻醉药物的研究。

由此看来，笑气作为麻醉剂并不理想。西方医学领域认为，威尔士是对人进行麻醉手术的最早试验者。

莫顿专事镶牙。镶牙前得先拔出旧牙根。在没有有效的麻醉剂之前，拔牙会使患者痛苦不堪。在 1842—1843 年，莫顿曾与比他稍年长的威尔士合作研究麻醉，当他的助手和学生，但没有大的成果。由于双方都没有因为合作而得利，于是在 1843 年末分道扬镳。

与威尔士的"放弃"形成鲜明对照的是，此时的莫顿却开始了自

己的探索。他向学识渊博的医生、哈佛医学院的化学教授查尔斯·杰克逊请教。

杰克逊向莫顿谈起了一次偶然事件：一次，他在做化学实验的时候，不慎吸入了一大口氯气，为了解毒，他又立即吸入一大口乙醚；不料，他此时感到浑身松软，不一会儿就失去了知觉，过了很久才醒来。他建议莫顿试用乙醚，因为乙醚具有麻醉等性质——早在300多年之前就被瑞士医生和"炼金家"巴拉塞尔士（1493—1541）发现。

莫顿接受了老师杰克逊的建议——开始用包括他的爱犬在内的动物做试验，然后用自己的身体做试验，都获得了成功，但是此时还没有实际用于外科手术。

一个偶然的机会来到了。1846年9月30日，一位名叫埃本·弗罗斯特的人奔进莫顿的办公室，对莫顿说，他牙齿疼痛难忍，非拔不可，情愿接受能缓解拔牙时疼痛的任何疗法。莫顿让他吸入乙醚，随后给他拔出了一颗脓肿的牙齿。弗罗斯特恢复知觉后说，他没有感到任何疼痛。

1846年10月16日，在威尔士表演失败的麻省总医院，莫顿再次做了麻醉手术试验。病人亚伯特——一名印刷工人被乙醚麻醉3分钟之后，莫顿对来自波士顿哈佛医学院的教授华伦医生说："可以动手了。"华伦一刀切开长3英寸（1英寸＝2.54厘米）的口子……然后一片沉寂。在众目睽睽之下的25分钟以后，手术获得了成功——亚伯特左颌部的肿瘤被成功切除。在场的著名医生比奇罗兴奋地对记者说："今天我们所看到的，必将传遍全世界！"从此以后，乙醚麻醉术得到了广泛的应用，并迅速传到欧洲。

仅仅过了两个多月后的12月21日，英国医生李斯顿就用乙醚麻醉术，为一个36岁的病人在无痛状态下截去一条有病的大腿。这个病人醒来后，还不知道已经动了手术。当李斯顿把截下的大腿拿给他看的时候，他不禁放声大哭。

成功后的莫顿为自己的发明发现申请了专利，美国国会也给了这位"无痛外科发明者"以当时是"天文数字"的10万美元奖金。可悲的是,至少有六七个人争夺这笔奖金,其中争夺最激烈的有三个人:莫顿、杰克逊、威尔士。

杰克逊为了把优先权抢到手,一方面假装关心莫顿,劝莫顿继续做临床研究,不要急于发表论文,另一方面却给巴黎科学院写了一份研究报告,并且刊登出来。于是,在当时的医学圣地巴黎,杰克逊成了"麻醉的发明者"。由于这一原因和师生情谊,莫顿答应将10万美元中的10%即1万美元给杰克逊;但"人心不足蛇吞象"的杰克逊却想独占优先权,投入了后半生的几乎所有精力。同行们却鄙弃他的这一行为,以前美好的学者形象也因此丧失殆尽。在这种情况之下,杰克逊的精神也逐渐失常,痛苦地在精神病院中度过了生命的最后7年。

威尔士在莫顿成功并获奖之后,就开始申诉,说是他把笑气的麻醉功能告诉莫顿,才让莫顿想到用麻醉术来拔牙的,所以他才是麻醉术的发明者。威尔士为了证明自己的优先权,专门在纽约设立了一个办公室,不断向各方呼吁。他还不断做麻醉手术,以证明自己说得有根有据。不幸的是,1848年1月,他在一次氯仿麻醉手术中失败使健康和精神受损,后向路人抛掷酸类物质而锒铛入狱。受痛苦、羞辱和绝望折磨的他,最后于1848年1月24日在纽约用剃须刀片割开股动脉自杀身亡。此时,巴黎医学会宣布他是麻醉气体的发现者。威尔士死后,他的遗孀仍然坚持说她的丈夫才是乙醚麻醉的创始人。

他们三人激烈争讼发明权达20年之久,所以奖金一直没有兑现。由于奖金一直不能颁发,莫顿大失所望,烦恼焦躁,患上了严

莫顿用乙醚麻醉给亚伯特做第一例手术

重的脑血管疾病。1868年7月，已是贫困潦倒病重而奄奄一息的莫顿，在看到一篇杰克逊诋毁他的文章之后，于7月15日因狂怒引发脑溢血在纽约魂归西天——时年不足49岁。不过，在1920年，莫顿还是被纽约大学收入伟人录。

后来美国发生了南北战争，使此事已无足轻重——1863年，这场惨不忍睹的争论平息。

一场西药麻醉剂发明权的争斗以三败俱伤告终。这是三个人的悲剧，也是科学的悲剧。悲剧的含义就是没有胜利者，只有失败者。

在记住麻醉这项伟大发明和因此引出的悲剧的同时，我们依然可以领略辩证法的魅力——发明发现的优先权和巨额奖金照样是一把双刃剑。

不过，另一位麻醉术的发明人克劳福德·威廉姆森·朗（1815—1878）——出生在佐治亚州的丹尼尔斯维尔的医生，却在这场争论中"置身事外"。他在1842年3月30日，即比莫顿早4年半就首次在给病人维纳布尔的颈背肿瘤切除手术中使用过硫化乙醚，并在1846年申请过麻醉专利。直到1849年12月，他才在美国《南方内外科杂志》上发表《首次使用吸入乙醚作为外科手术麻醉剂的报告》的论文——此时莫顿的表演已广为人知。虽然是朗自己埋没了自己，但他的过人之处在于淡于名利，没有卷入这场发明权的纷争——平静地于1878年6月16日在佐治亚州的阿森斯（当时该州文化中心和州立大学所在地）给病人做产科手术之后无疾而终。不过，他的朋友们深知他也应获得麻醉发明者的殊荣。

当然，当时研究麻醉术的还有其他人。

1847年1月，苏格兰人辛普森也用乙醚做过无痛分娩手术；同年，他还发明了用氯仿即三氯甲烷麻醉的方法。1853年，英国医生斯诺用麻醉剂为维多利亚女王

克劳福德·威廉姆森·朗

（1819—1901）施行了无痛分娩手术，生下了利奥波德王子。

其后，多种西药麻醉剂相继发明并传遍欧美以至全世界。

西药麻醉剂的发明是医学上的里程碑。美国天体物理学家、科学书作家迈克尔·H.哈特（1932— ）在《历史上最有影响的100人》（*The 100: A Ranking of the Most Influential Persons in History*）一书中，在介绍排名第56的莫顿的时候说："没有麻醉，精细或长时间的手术就无法进行，甚至连简单的手术也经常退避三舍，贻误病人，以致宝刀空攥，望病兴叹。"因此，人们献给莫顿的碑文是："了却一切外科苦，麻醉济生君勋殊。往昔手术撕心碎，君握科学解病除。"

其后，人们又对麻醉药的品种、麻醉的方法、麻醉的原理等进行了深入研究。例如，在1939年人工合成了杜冷丁（哌替啶）之后，新的麻醉时代开始了。然而，依然有许多没有揭开的奥秘，需要人们去探索。特别是麻醉原理——一位当代麻醉药专家曾对新闻媒体说，现在人们对麻醉原理的了解，比150年前多不了多少。

此外，人们还开辟了麻醉药的新用途。例如，于2002年在莫斯科营救被车臣恐怖分子劫持人质的过程中，俄罗斯特种部队就施放了一种叫芬太奴的、用于外科手术的快速麻醉药，保证了行动的最终胜利。

# 跷跷板的奥秘
## ——雷奈克发明听诊器

"先生，我来麻烦您了。"

1801年4月中旬的一天，著名的巴黎大学医学院（当时叫巴黎卫生专科学校）慈善医院的医生、已负盛名的法国大医学家吉恩·尼科拉斯·科维沙特·德马雷（1755—1821）的家里，来了一个20岁左右的年轻人，劈头就说。

德马雷

"你有什么事情来找我？"德马雷看着这个外表精明强干的年轻人，温和地问。

"我的父亲是个医生，跟着父亲学医多年，想进一步深造，愿在先生的门下做一个学生。"

"好吧，就在医院里做我的助手吧。"德马雷觉得这个年轻人有一股说不出的毅力，透过年轻人双目流露出的祈求和诚恳的神色，他没有力量拒绝。

那么，这个让德马雷"没有力量拒绝"的年轻人是谁呢？他就是后来成为医学家的勒内·特奥普勒·哈钦特·雷奈克（1781—1826）。

对德马雷非常崇敬的雷奈克怀着对医学无比热爱的心情，刻苦努力地学习，认真踏实地工作——他的干劲使周围的人都感到吃惊。

雷奈克

1804 年，雷奈克的学习任务基本完成，可以独立从事研究工作了。德马雷指定他专门研究结核病的治疗。后来，他担任了这个医院的主任医师。

1816 年 9 月 13 日下午，晴空万里。此时已在内克医院（到这里的原因在下面可以看到）工作的雷奈克漫步在罗浮宫公园的草坪上，正思考着如何为不久前收治的特胖女病人治疗。

原来，雷奈克曾被请到一个贵妇人家中去为一个姑娘看病。当时的诊病方法是，医生把耳朵贴在病人胸部来听肺部、心脏等的声音是否异常。因姑娘很胖，脂肪特厚，无法用以往的叩诊法听清她内脏的声音，加之雷奈克生性羞怯，致使他不能使用这种方法，所以他一直为此大伤脑筋。

走着走着，雷奈克突然看见一群小孩在跷跷板上玩游戏——一个小孩在跷跷板的一头用钉子等物刮擦或敲击，另一些小孩则在另一头听。

"听到了，听到了！"虽然跷跷板的两头距离很远，但这一头的小孩仍然能听到另一头传来的很清楚的声音。

"能不能用这个方法听到胖姑娘这类病人内脏的声音呢？"这个偶然的"新发现"使雷奈克受到启发。他来到胖姑娘身边，用一叠纸（一说用一个薄笔记本）卷成圆筒，罩在姑娘胸部听。他惊异地发现，比以前直接用耳朵贴着胸听的时候声音更清楚。后来改用木管听效果也很好。他又进一步研究改进，终于在 1819 年发明了听诊法和听诊器。——他在当时称其为"指挥棒"。后来有人称听诊器为"独奏器"或"医学小喇叭"，他的叔叔建议命名为"胸腔仪"。几经考虑后，雷奈克最后才决定定名为听

雷奈克制作的几种木质听诊器，
至今已"芳踪难觅"

诊器。

在这一年，雷奈克还写成了有关专著《间接听诊法》，出版商还随书赠送 1 个听诊器。不过，他的发明却受到同乡医生布鲁赛斯的讥笑："一堆无可争辩的事实和毫无用处的发明。"

雷奈克起初制作的听诊器，是喇叭形的木管。原来的听诊器是直的，后来在 1840 年，英国一个医生发明了"双耳听诊器"，改进为两根柔软管子连着听筒，这已成为现代听诊器的雏形。

后来，雷奈克又用雪松和乌木等木料和象牙制成了几种听诊器，其中一种筒长 30 厘米、外径 3 厘米、内径 5 毫米，由两节组成，便于携带。

雷奈克发明听诊器的故事广为流传，以致有另外几个大同小异的版本。

例如，有说雷奈克是在一个朋友家的院子里散步的时候，看见孩子们玩跷跷板的。更有把跷跷板改成长木棍的：把一头贴在长木棍的一端，倾听另一端的一颗大头针轻轻的敲击声。又如，说雷奈克是在星期天带女儿玩的时候，看见孩子们玩跷跷板的。其余的版本将在下面看到。

有故事说雷奈克当上医生的过程，也不是本文开头说的那样"顺风顺水"。

雷奈克出生在法国的布列塔尼省。5 岁（一说 6 岁）那年，他的母亲就因肺结核去世。——当时没有青霉素这样的抗菌药物，结核病是不治之症。小公务员的父亲由于担负不了沉重的生活负担，就把他送到他的叔叔居洛木·雷奈克医师那里寄养。

居洛木·雷奈克曾在巴黎学习医学，其间曾到德国进修，最后毕业于历史悠久的蒙佩里

狭小的口能把声音汇集到医生耳朵中

空心木管

接触病人听诊部位

1830 年前后的听诊器

大学。由于他的医术精湛，在短短的两年内就当上了南特大学医学院的院长。少年时代的雷奈克本来很喜欢机械工程学，但受到叔叔的影响，最终还是选择了医学。在叔叔的帮助下，他在 14 岁的时候，进入南特大学附设医院开始学习医学。

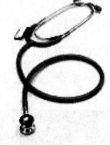

现代听诊器

因为雷奈克生来就很瘦弱，并且有遗传性结核病的症状，加上在学习期间过于用功，没有多久就大病一场，一生都处于病恹恹的状态之中。雷奈克的叔叔一心想让他在将来能接其衣钵，并青出于蓝，就和他的父亲达成协议——共同出资送他到巴黎去深造。居洛木·雷奈克在送雷奈克远行的时候对他说："我的孩子，医师这个职业就像锁链一样，只要搭在了我们身上，日夜都不能把它卸下来！"

1801 年 4 月中旬，雷奈克揣着父亲和叔叔给他的 600 法郎，前往巴黎。他在米修拉丁区安顿好住处之后，不顾极度疲倦的身体，当天就到了德马雷的家里。于是，就有了故事开头的情节。

在科维沙特于 1804 年成为法国皇帝拿破仑（1769—1821）的内科御医的这一年，年仅 23 岁的雷奈克通过了当时最优秀学校的所有严格的资格考试，获得了一名法国医学生所能获得的最高荣誉，被选进属于皇家医学会的医学卫生学院。荒唐的是，却没有一家医院愿意聘用他，结果只是担任了《医学杂志》的编辑。

1816 年，在巴黎待了十几年也没被政府医院任用的雷奈克已经 35 岁，正准备回到南特大学参加叔叔的执业行列的时候，意想不到的一件事不仅改变了他的一生，而且也改变了医学的历史——内克医院决定聘用他！非常可笑的是，这位在欧洲大名鼎鼎的医学研究者之所以能获得他期待许久的工作，不是因为他超凡的能力和巨大的发展潜力，而是单纯地因为人际关系——雷奈克的一个名叫贝菲的朋友正好从国务卿升任为内政部长，有权决定谁到内克医院任职。

雷奈克的一位名叫格拉维尔的学生在关键时刻正好在场，这个来自英格兰的年轻人记下那天是 1816 年 9 月 13 日。格拉维尔的记录带有几分野史意味："早上雷奈克医师在罗浮宫广场散步的时候，看到几个孩子正在玩他在孩提时代常玩的一种游戏——有个孩子把耳朵贴在一根长木条的一端，他可以听清楚另一个孩子在另一端用大头针刮出的密码。绝顶聪明的雷奈克一下子想到他的一个女患者的病情……他立即招来一辆马拉篷车，直奔内克医院。他紧紧地卷起一本笔记本，紧密地贴在那位美丽少女左边丰满的乳房下——长久困扰着他的诊断问题迎刃而解了！于是，听诊器诞生了！"

雷奈克用听诊器为患者诊病

然而，雷奈克在回忆录中却这样写道："1816 年我去探视一位年轻的女患者，她正因心脏病的症状而受苦。由于她体形肥胖，以手敲诊或触诊又起不了作用，而把耳朵贴在她的胸口做诊断又不被风俗允许。此时，我忽然想到少年时用木条传递声音的游戏——我的意思是，声学里指出，声音透过某些固体的传递可以达到放大的效果。灵光一现之后，我立刻用纸卷成圆筒，结果一点也不意外——我听到心脏运动的声音，比我以前任何一次直接附耳于患者胸口来得更清晰。那一刻，我思索着，这是一个好办法，除了心脏，胸腔内器官运动所制造的声音，应该也可以使我们更确认其特性……"

遗憾的是，这位能治好别人的病的医生雷奈克，却没能治好自己的病——1826 年 8 月 31 日，他在年仅 45 岁的时候，就死于肺结核。

# 路边的葡萄为何不烂
## ——米勒德特发明波尔多液

　　法国的梅杜克（Medoc）是一个盛产良种葡萄的地区。这里的葡萄粒大味甜，每年大量运销外地，许多人都以能吃上这里的葡萄而高兴。可是，在1879年，这里的葡萄却患上了一种霜霉病：葡萄上长满白霜一样的霉，裂开口子，最终腐烂无收。

　　可奇怪的是，就在这一年，法国波尔多（Bordeaux）城外，有一片靠近马路两边的葡萄种植园内却果实累累，看不到任何霜霉病的踪影。

　　这奇迹般的消息，很快传遍法国各地，也引起了波尔多大学的植物学教授米勒德特（P. M. A. Millardet）的注意。他决定到波尔多去实地考察。

　　米勒德特在葡萄园仔细观察了土地、环境和水源等——他猜想，这些可能就是创造奇迹的因素。在观察中，他却丝毫没有发现任何疑点。

　　"您是怎样浇水，怎样打药，怎样修枝的呢？"米勒德特只好询问这家园主。

　　"……啊，啊，"在一阵吞吞吐吐之后，园主才说出关键，"为了防止过路人偷吃葡萄，我就把石灰水和硫酸铜溶液混合在一起，喷在这些葡萄上……"

　　此时，米勒德特的脑子里，就有了一些问号："硫酸铜是用来杀虫的农药，这好理解。那石灰水有什么作用呢？两者混合起来又会怎么样呢？是不是这种混合液起到防治霜霉病的作用呢？"

波尔多葡萄酒

就这样，米勒德特带着疑问返回学校。回校以后，米勒德特以科学家特有的敏感，抓住这个偶然发生的现象，把不同比例的生石灰和硫酸铜混合在一起，进行观察、试验。

3 年以后的 1882 年，米勒德特确定了生石灰和硫酸铜的最佳配方，发明了良好的杀虫剂"波尔多液"——用这个城市的名字来命名。

把波尔多液喷在葡萄上，就在葡萄表面形成薄的药膜，不但使细菌难以侵入葡萄，还能进入细菌体内杀死细菌。

从此，农药家族里增添了新的一员——直到使用了 100 多年后的今天，它仍然是经常使用的农药之一。波尔多液还能防治许多果树、瓜果类蔬菜和棉麻等的病虫，例如马铃薯的晚疫病、梨的黑星病、苹果的黑斑病等。当然，波尔多液不适于叶用蔬菜、观赏植物、烟草和茶叶等，因为干燥后会留下灰蓝色的斑点。米勒德特从此用波尔多液吹响了使用化学农药的号角，开创了农药防治病虫害的新时代。

那么，波尔多液为什么对这些病菌有杀灭效果呢？原来，其中的硫酸铜溶解之后产生了铜离子，这种离子能够妨碍霉菌孢子的发育，石灰水也有杀菌的作用……

"在面包之后，造物主给人类维持生命的第二种食物就是葡萄酒。"这是在法国流传着的一句古谚语。热情豪放的法兰西民族酷爱饮酒，葡萄酒是他们日常生活中不可或缺的饮料。法国的葡萄酒，大部分都产自号称"美酒之城"的波尔多。

法国历史名城波尔多，是位于法国西南部加农河流域的商港，农药波尔多液更使它名扬四海。加龙河流域的纬度和北美洲的加拿大差不多，但气候却比加拿大温暖得多，特别适宜于葡萄的生长。原因是这里西濒大西洋，南临地中海，从热带洋面来的墨西哥暖流和从地中海南岸的非洲吹来的干燥热风，使这里气候温暖、阳光充足。公元前600年，希腊人从亚洲将葡萄引种到这里。

现在，波尔多已种植了20万亩葡萄。每年收成的葡萄被送到压榨机上，榨取葡萄汁，然后放在桶里进行发酵，数星期后，就能得到一种不起泡沫的酒。再经一整冬的贮存，翌年春天，人们将数十种品质不同的酒掺和在一起，就成了一种风味特佳的波尔多葡萄酒。如果在刚发酵过的葡萄酒中加入一定数量的陈年老酒，就成了著名的波尔多香槟酒。

波尔多地区每年产葡萄酒达1亿加仑（1英加仑约合4.546升），其中色泽鲜艳、芳香醇厚的特佳红葡萄酒，被誉为葡萄酒的"皇后"。自从14世纪中期以来，每年都有数百艘船只组成的运酒船队来波尔多，把波尔多的红葡萄酒运往世界各地。在运酒船队出港的日子里，波尔多人倾城而出，欢送船队，祝酒、跳舞通宵达旦，成了波尔多城的盛大节日。

"美酒之城"波尔多虽是一座历史名城，但市内的古建筑大都毁于第二次世界大战的战火中。不过，幸运的是，少数几座哥特式建筑的教堂和美术馆，以及建于15世纪的波尔多古城门"死里逃生"。2007年6月28日，在新西兰基督城举行的联合国世界遗产委员会（WHC）第31届世界遗产大会上，批准波尔多城进入《世界遗产名录》。

波尔多城的古城门

# 叫疯狗不再为非作歹

## ——巴斯德发明狂犬疫苗

巴斯德

1892 年 12 月 27 日，来自世界各地的许多著名科学家聚集在法国巴黎的一个豪华大厅里。当法国总统挽着一位满头银丝的老人步入大厅的时候，人们起立欢呼，乐队奏起胜利进行曲。这是法国科学家路易·巴斯德（1822—1895）70 寿辰庆典中的一幕。

巴斯德是何许人？为何这些名流权贵们如此兴师动众？

在 19 世纪以前，狂犬病严重地威胁着人们的健康——它也是法国巴斯德多年研究、准备攻克的疾病。好在军队老兽医布埃尔送来了两条疯狗，供他研究。

为了取得狂犬疫苗，巴斯德和他的助手把一只疯狗绑在桌子上，而他则俯下身子，用嘴通过滴管一滴一滴地从狗的下颚吮吸唾液。为了攻克这一疾病，年已 60 多岁的巴斯德表现得全无惧色。他指导助手将取得的唾液注射到试验的动物体内，结果这些动物都痛苦地患病死了。问题基本上搞清了——疯狗的唾液把病毒带到人的体内，侵入人脑发生了灾难性的作用。

为了找到对付狂犬病的办法，巴斯德又把疯狗的脊髓抽出来，让它干燥。过了 10 天之后，疯狗的脊髓就失去毒性，此时再把它接种在被狂犬咬过的狗身上，说来也奇怪，这只狗竟然没有出现"狂犬"

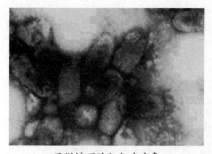
显微镜下的狂犬病病毒

症状。接着，巴斯德又把患过霍乱的鸡的病原菌取出来，放置一段时间——也为了大大减弱病原菌的毒性。他取出患狂犬病而死的兔子的脊髓，发现它自然干燥的时间越长，毒性越小。于是，他把放了14天患狂犬病而死的兔子的脊椎，磨成浆制成疫苗，给其他兔子注射。转天又注射干燥了13天的、12天的……直到注射当天的新鲜死兔脊髓液，兔子都奇迹般地活下来了。

试验终于成功了，巴斯德制造出了巴斯德！

巴斯德在动物身上试验巴斯德成功以后，就在想，这种办法如果能在人体上试验成功，不就可以攻克狂犬病了吗？到哪里去找敢冒生命危险来当试验品的人呢？

巴斯德曾要求在一个被判处死刑的犯人身上做试验，但法庭不允许。他只好决定用自己的身体做试验，但家人和亲友又百般阻拦——甚至把他看管起来。巴斯德对此一筹莫展。

偶然的机会终于来到了。1885 年 7 月 6 日早晨，巴斯德实验室的门被撞开了——阿尔萨斯省的一个男人抱着一个全身刚被疯狗咬伤了 14 处的 9 岁孩子约瑟夫·梅斯特（1876—1940）闯了进来。"救救他吧！"跟在孩子后面的妈妈含着眼泪恳求着。在这种情况下，巴斯德无法再犹豫，就当机立断——在孩子身上做试验。他把经过减毒的疯狗病菌注入孩子体内，一天注射一支，31天之后，这个孩子得救了。此后，人们争相把被疯狗咬伤的患者送到他这里治疗，大都被治愈。其中有 16 个被狂犬咬伤的俄国人，也被他救治过来，轰动了全俄国，沙皇政府也特地向巴斯德颁发了奖章。这位被巴斯德救活的

9 岁的梅斯特

梅斯特，后来一直在巴斯德研究所看门，直到 1940 年德国占领巴黎，他才自杀身亡。

狂犬疫苗的发明，使巴斯德又创立了一门新科学——免疫学。这是他为人类所做的又一贡献。关于狂犬疫苗的新进展是，在 2008 年 2 月 11 日，

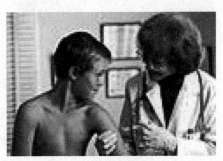

接种狂犬疫苗

中央电视台新闻频道报道了赛诺菲巴斯联合 Crucell 公司的成果：它们开发的新一代生物制品——抗狂犬病单克隆抗体，有可能取代现在使用的抗狂犬病免疫球蛋白。

如果巴斯德没有等待到那次偶然得到的人体试验机会，他就会推迟甚至一辈子也不能征服狂犬病。这说明了"等待"和"时机"的重要性。

"字典里最主要的三个词是意志、工作和等待，我要在这三块基石上建立起成功的金字塔。"巴斯德的这一名言，道出了任何成功的诀窍：意志坚强者，方能选定正确的目标；才能耐得寂寞努力工作，长年厚积而待薄发；要"掌声响起来"，必须"要忍耐"，要等待，等待那不知何时到来而又必将到来的时机……

读书的时候化学成绩仅被一位教授判为"及格"的学生、杰出的化学家和（微）生物学家巴斯德，在科学上的重大贡献全面而丰富：26 岁发现酒石酸的镜像同分异现象；通过大量的实验和有力的论证使科学界相信了细菌学说；发明了用免疫法治疗严重侵袭牛、羊、人和其他动物的炭疽病；发现厌氧菌、鸡霍乱弧菌和鸡霍乱疫苗；在 1865 年及时攻克了导致法国养蚕业致命灾难的严重蚕病。

患青头败血病的蚕

以上对巴斯德在医学、生物学上的成就

的蜻蜓点水式的描述，当然无法完全说明他是"医学史上首屈一指的重要人物"。

1888年，法国人民为了感谢这位功大、德高的老人，自愿捐款修建巴斯德学院。在落成典礼上，巴斯德激动地说："科学固然是没有国界的，然而科学家却有自己的祖国。我应当把自己的才能贡献给祖国。"此时，我们已经知道了故事开头那两个问题的答案。

"自从19世纪以来，世界许多地区的人口估计寿命大体上增长了一倍。在整个人类史上，人类寿命的这种大幅度增长，对个人生活来说可能比任何其他发明都具有更大的影响。"美国科学书作家迈克尔·H.哈特在《历史上最有影响的100人》中这样评价巴斯德，并把他列入第12位的高位，因为"巴斯德的方法可以而且已经用于许多种疾病的预防"。

1895年7月6日，73岁的巴斯德辞别人世。不过，法国阿雷斯省的蚕农当年为他所立的雕像将长存于世。即使这座雕像最终也会损毁，这也无关紧要，因为"智慧和学问之碑""远比权力或武力之碑更加长垂不朽"（弗朗西斯·培根）。

巴斯德雕像

巴斯德的一生是充实人生的杰出榜样：功大、德高、望重。他在地球上走完了一个漫长的、有价值的、幸福的人生旅程。谁有如此的旅程，也会安详地闭上双眼，不枉此人生。

# "马大哈"的器皿长霉之后
## ——弗莱明发现青霉素

熙熙攘攘，人头攒动……

1985 年 3 月 1 日，伦敦著名的
劳埃德拍卖行热闹非凡——早就在拍
卖公告中就得知有重要文件待卖的人
们，等待着购买自己喜爱的物品。

随着一声"2 010 英镑，成交！"
一篇不足 20 页的论文的复写本，拍出
了不菲的高价。

弗莱明在实验室

那么，这个复写本是谁的什么文本，又有什么珍贵之处呢？

过了 11 年之后的 1996 年 3 月 8 日，又是一次热闹非凡的拍
卖——只不过这一次是在伦敦索斯比拍卖行。"3.5 万美元……"随
着拍卖师落槌，一个直径仅 5 厘米的玻璃细菌培养皿成交！

那么，这个器皿又有什么珍贵之处呢？

这些都得从头说起。

"先生，您的药真灵。瞧，我的手背过了一天就好了。您用了什
么灵丹妙药呢？"

1928 年 9 月的一天，这位先生的助手高兴而迷惑不解地问。

这位先生是谁，助手的手背怎么啦，是什么灵丹妙药有此奇效？

1928 年的夏天，英伦三岛的天气特别闷热——连伦敦大学圣玛
丽医学院赖特研究中心也破例放了一个暑假。一个心情烦躁的中年研

究人员什么都不想干，连试验台上杂乱无章的器皿都没有收拾好，就准备到海滨去度假了——这在他多年的科研生涯中还是第一次。

9月初，天气渐凉，休假的人们陆续回来了。一个早晨，这个身材修长的中年人迎着浓雾，跨进他离开多日的实验室。

"糟了，长霉菌了！"当这个中年人小心翼翼地取出一个个培养细菌的器皿，取到第五个时，突然惊奇地叫了起来。

此前，这个中年人曾从病人伤口的脓中提取了葡萄球菌，放在盛有果子冻的玻璃器皿中培养，繁殖起来的金黄色葡萄球菌——他称为"金妖精"，密密麻麻地出现在果子冻上。这"金妖精"使人生疖、长痈、患骨髓炎，引起食物中毒，很难对付。他培养它，就是为了找到能杀死它的方法。现在，他看到玻璃器皿里有一个地方沾上绿色的霉，开始向器皿四周蔓延，所以惊叫起来。

这个中年人，就是早在1922年就同艾里森一起发现了一种能杀死细菌的物质——溶菌酶而轰动科学界的"怪人"、细菌学教授亚历山大·弗莱明（1881—1955）。当时，得了感冒的弗莱明无意间对着细菌培养皿打了一个喷嚏。结果，他发现在有喷嚏黏液的地方没有一个细菌存活——但是这种溶菌酶只对某些无害微生物有作用。

空气中总是飘浮着各种霉菌孢子，因此在培养细菌的时候，应当注意不让它们混进器皿。尽管如此，只要稍不小心，它们就会混进来夺走细菌的营养而繁殖起来。这样，培养细菌的实验就得从头做起。

培养液受到污染而发霉，就不能再用来做实验了。通常的做法，就是把它一倒了之。弗莱明却没有这样做，他要看一看是哪种霉菌在捣乱。于是他拿起培养皿来仔细观察，了解为什么发霉的培养液就不能再用。对着亮光，他发现了一个奇特的现象：在青绿色霉花的周围出现一圈空白——原来生长旺盛的"金妖精"不见了！他把这件

能提取青霉素的灰黄青霉

165

趣事告诉了他的两位助手李雷和克拉多克。

纪念弗莱明发现青霉素的邮票

弗莱明立即意识到，可能出现了某种了不起的东西。他兴奋地迅速从培养器皿中刮出一点霉菌，小心翼翼地放在显微镜下观察。透过厚厚的镜片，他终于发现这种能杀死"金妖精"的青绿色霉菌是青霉菌。随后，他把青霉菌分离出来。他还发现，"金妖精"每次要和青霉菌"短兵相接"之前，都会"望而却步"——在青霉菌前 2.5 厘米处"安营扎寨"。

弗莱明等人还在培养液中繁殖了许多青霉菌，然后把过滤过的培养液滴到"金妖精"中去。奇迹出现了——几小时之内"金妖精"们全部死亡。他又把培养液稀释 1/2，1/4……直到 1/800，分别滴到"金妖精"中。结果，他发现"金妖精"们全部"死光光"。他还发现，青绿色霉花还能杀灭白喉菌、炭疽菌、链球菌和肺炎球菌等——青霉菌具有高强而广泛的杀菌作用被类似的实验证实了。

弗莱明怀着激动的心情，在记事册上写道："我对这种现象详细观察，感到十分有兴趣，细菌培养皿里的情况竟使我不能控制当天所应做的工作。"

一天，弗莱明的助手的手指头被玻璃划破开始化脓，肿痛得很厉害，来向他请假，要到医院去看一看。

"不用去医院了，"弗莱明取了一点做实验的青霉菌培养液，涂在助手红肿的手背上说，"过一两天就好了。"于是，就有了故事开头助手的问话。望着助手红肿的手背已经"减肥"，脓血也少了许多，弗莱明高兴地回答说："我给它取名青霉素！"青霉素的音译为"盘尼西林"或"配尼西林"。前面说的索斯比拍卖行拍卖的，就是当年弗莱明培养青霉素的玻璃器皿——上面写着"盘尼西林的产床。亚历山大·弗莱明"。

1928年9月15日，弗莱明在圣玛丽医学院公布了他的发现。他还于1929年2月13日向伦敦医学俱乐部提交了有关论文《青霉素——它的实际应用》，被刊登在《新英格兰医学杂志》上。1929年5月10日，他又把论文投给世界著名的英国《实验病理学》（一译《实验病理季刊》）杂志，在6月发表。前面说的劳埃德拍卖行拍卖的，就是这篇论文的复写本。

就这样，青霉素——人类发现的第一个有强大疗效的抗生素诞生了。青霉素这个名称，是因为它来自青霉菌类。

这里要说明的是，抗生素通常被称为抗菌素，但严格地说，两者并不完全等同——抗生素不全是抗菌素，抗菌素也不全是抗生素，两者区别很小，并且这是一个各家分类不尽一致的特别专业的问题。为了简洁，本书把两者混用。

接着，弗莱明进行了青霉素的毒性试验——给健康的兔子和老鼠注射了青霉素培养液的过滤液。不足的是，他没有给患病的动物注射过。

后来，弗莱明制取了少量青霉素结晶，兴冲冲地来到圣玛利医学院的附属医院，请医生临床试用于人体，但遭到拒绝。他又跑了一家医院，仍然如此。他不愿再去第三家医院了。就这样，青霉素被打入冷宫。

青霉素被打入冷宫还有另一个重要原因，就是提取太困难了。治疗皮肤上一个小伤口需要的一丁点儿青霉素，就要从几千毫升培养液中才能提取出来。于是，弗莱明想用化学合成法制取青霉素，但化学不是他的专业，就只好求助于化学家了。遗憾的是，化学家的努力也没有成功。

青霉菌

在这种既不能销也不能产的情况下，

青霉素从此销声匿迹，弗莱明也只好在 1931 年暂时放弃了继续研究。

"奇迹般的药物"——青霉素，具有很广的医疗谱带、药效高、毒性小（仅有极少数人使用时会过敏）等优点，使用至今。虽然后来又诞生了众多抗生素，但总体水平仍不及青霉素；所以后来又称为"盘（配）尼西林"（Penicillin）的"神药"青霉素，与原子弹、雷达（一说农药 DDT）并称"第二次世界大战期间的三大发明"。弗莱明也因此得到 15 个城市的荣誉市民的称号和其他 140 多项荣誉——包括在 1944 年被封为爵士，以及与另外两人共享 1945 年诺贝尔医学或生理学奖。美国科学书作家迈克尔·H. 哈特在《历史上最有影响的 100 人》中，则把他排在第 45 位的高位。当然，这些都是青霉素"东山再起"的后话。

人类发现了第一种抗生素——青霉素之后，又相继发现了各种抗生素。例如链霉素、氯霉素、金霉素、土霉素、四环素等。

迄今世界上已发现 1 万多种不同的抗菌素，其中人工合成的超过 4 000 种，并且每年都要开发出新品种。

说到青霉素，就必须提到古人很早就知道它的实际应用。在中国唐朝（618—907），长安市场上的裁缝师傅就知道，把长"绿毛"（含青霉素）的糨糊涂在被剪刀划破的手指上，可使伤口不发炎溃烂，并很快痊愈。这大概是世界上实际使用青霉素最早的记载。1550年，古埃及医生用猪油调蜂蜜来敷贴因外伤感染而发炎红肿的伤口，然后用麻布包扎。当然，这些古人都不知道这么做的医学意义：用抗生素抑制细菌。

# 尘封史卷中的偶然发现

## ——青霉素"东山再起"

钱恩

"教授，您看！这一篇。"突然，恩斯特·鲍里斯·钱恩（1906—1979）大叫起来。霍华德·沃尔特·弗洛里（1898—1968）迅速转身一看，原来是一本 1929 年的《新英格兰医学杂志》，上面登着弗莱明的论文《青霉素——它的实际应用》。

弗莱明发现青霉素以后 10 年的 1938 年，传来了第二次世界大战前夕隆隆的炮声。牛津大学两位学者镇定自若地在图书馆里翻阅资料——和其他科学家一样，他们期待着制造出比磺胺类药更好的药物。这里的背景是，自从德国生物学家多马克（1895—1964）发现百浪多息之后，多种磺胺类药虽然成为第二次世界大战初期救治伤员的主角，但它们对一些病菌会产生抗药性而无能为力。

这两位学者分别是：出生在澳大利亚的牛津大学著名英国病理学家弗洛里——弗莱明的朋友，以及弗洛里的年轻英国籍助手——德国化学家钱恩，"魔鬼"希特勒上台后，迫使他背井离乡。

意外发现这一资料，使两人大为振奋，于是弗洛里从弗莱明那里要来了接种多代的青霉素菌株。新的研究——解决相互关联的疗效和产销问题开始了。另外，还先后有 20 个研究人员也加入了这个行列。

1941 年 2 月，弗洛里等终于从发霉的肉汤里，提取出了一小撮比黄金还贵重的黄色粉末——青霉素。发现即使把它稀释到二百万分之一的浓度，也可杀死病菌。于是，他们用它对各 25 只原来感染细菌的两组老鼠进行试验，结果注射青霉素的一组老鼠仅死一只，而没有注射的那组全部死亡。

弗洛里

也是在这个月的 12 日，一个 45 岁（一说 43 岁）患败血病（因刮脸刮破了一道口子所致）而生命垂危的警察，成了第一位青霉素试用者。弗洛里给他注射了青霉素，在 24 小时后病情好转，第三天神志已清醒，第五天想吃东西，但第六天药已用完，不久警察就死了。

人虽死了，但弗洛里等人看到了胜利的希望。他们继续研究，以提取更多的青霉素。1941 年 5 月，终于为第二个病人——受葡萄球菌严重感染，被认为已无法医治的 15 岁少年挽回了生命。这个少年成为第一个被青霉素救活的人。当弗洛里等人把青霉素介绍给医生的时候，却得到"不！"的回答——和弗莱明当年被拒绝的声音一样。

幸运的是，弗洛里等人在第二次世界大战期间遇到了施展才能的机会。1942 年，英国将领蒙哥马利正在北非与德国"沙漠之狐"隆美尔"血战到底"，成千上万的伤员都愿冒险试用青霉素。一箱青霉素被空运到北非战地医院——垂危病人被救活、高热病人退烧、感染者很快康复。赞扬声从军医口中传出，订单也纷至沓来。一个 14 年前的发现，终于开始大放异彩了！

弗洛里、钱恩在英伦三岛四处奔波，请药厂投产，但因德寇飞机时常空袭而遭拒绝。两人只好带上样品，来到美国和美国人合作。他们在西瓜皮上找到产量最高的、最爱吃玉米的绿霉菌种，而美国正好是玉米生产大国。这样，大批量生产的青霉素终于在世界各地的大医院成功用于临床。圣玛丽医学院当然也乘机宣传青霉素的发现者，就是他们的弗莱明。于是，弗莱明在 1944 年立刻被奉为英雄。

马丁

1944 年 6 月，青霉素在英美联军的诺曼底登陆作战中挽救了无数伤员。一位陆军少将说："没有比它更好的药了……"

这里，必须交代为什么弗莱明等人当年没有成功提炼青霉素，而弗洛里等却能成功呢？原来，在 1941 年，英国分析化学家阿切尔·约翰·波特·马丁（1910—2002）和英国生化学家理查德·劳伦斯·米林顿·辛格（1914—1994），发明了分离复杂化学物质的技术——"分配色层分析法"。用这种方法，就能顺利提炼青霉素。所谓分配色层分析法，简称"纸层分析法"或"分配层析法"，是一种萃取液体的分离方法。两人还因此共享 1952 年诺贝尔化学奖。

青霉素的发现和"再生"——"一粒灰尘引起的伟大发现"，是一个使人"一步七叹"，给人深刻启迪的传奇故事。

19 世纪 80 年代的一天，并没有想"付出总有回报"的一位寻常农夫——弗莱明的父亲，在泥沼中救起了丘吉尔。为此，丘吉尔的父亲"涌泉相报"——资助弗莱明上学。于是，后来才有了英国的一代名相丘吉尔和科学伟人弗莱明。弗莱明的父亲一个"举手之劳"的义举，成就了两位伟人，这是一叹。

如果没有弗洛里和钱恩在检索资料中的偶然发现，青霉素就不可能在弗莱明发现之后 14 年大放异彩！他们三人也不会因此在青霉素大量投产的 1945 年，荣获诺贝尔医学或生理学奖。由此可见，"故纸堆"有时非常重要。这是二叹。

弗莱明在 1945 年（也就是经过了 17 年以后）做荣获诺贝尔奖的演讲的时候，展示了当年那个青霉素培养皿的照片，并说他保存着那个小

辛格

171

平皿。这说明弗莱明虽然曾暂时放弃了研究，但他的"青霉素梦"并没有消弭。如果这还不能说明他"心若在，梦就在"的话，那么在10年之后还能毫无困难地把青霉素菌株交给弗洛里这个事实，就是他"梦就在"的铁证了。让一种"前途未卜"的细菌传宗接代10年，这要多么坚忍不拔的意志、矢志不渝的信念和神定气平的耐心啊！在世界上，有许多事是急不得的——需要像"17年蝉"弗莱明那样耐心地蛰伏等待。一旦机遇来临，就会毫不犹豫地把它牢牢地掌握在手中——正如古人说的"静如处子，动如脱兔"。这是三叹。

弗莱明

在弗莱明发现青霉素14年以后，才大量用于临床，主要原因是不能大量地"产"——原因是提纯技术问题。1931年，就有三位英国生化学家——克拉特巴克（Clutterbuck）、洛弗尔（Lovell）和雷斯特里克（Raistrick）曾设法把青霉素提纯出来，结果"兵败英伦"。对此，弗莱明曾非常难受地说："我们当时束手无策。"

技术的水平，制约着科学发展；"东风"只有在"万事俱备"的时候，才有价值。这类事在科技史上屡见不鲜。这是四叹。

青霉素"花发英吉利"，但却大规模"果结美利坚"。英国人曾经为这个"墙内开花墙外红"辩解："战火燃遍了欧罗巴，却没有波及阿美利加……"然而，这个事实仅仅是表象。当时和至今为止，按平均人口计算，三个自然科学的诺贝尔奖获得者人数，英国依然是世界第一。这个英国人的"自豪"，是他们重视科学，但却相对轻视技术得来的。这说明英国政府当时科学决策的失误——这才是问题的本质。科学和技术应当协调地同步发展，否则就会落在别人后面。这是五叹。

当初，圣玛利医学院附属医院拒绝了弗莱明的青霉素人体临床试验，但15年之后弗莱明被世人公认以后，他们就开始借此为自己

"贴金"和"打广告"了。起初不冒风险、不出钱，成功之后"摘桃子"。事实上，这种不能"舍得珍珠换玛瑙"的短视行为，往往导致错失良机。这是六叹。

弗莱明之前 50 年，日本科学家古在由直就在实验室中偶然发现过葡萄球菌被污染的青霉菌吞噬的现象；在 1911 年，瑞典科学家里查特·威斯特林（Richard Westling）也偶然发现了"特异霉素"——后来认定就是青霉素。由此可见，弗莱明并不是发现青霉菌的"先行者"。然而，这两位"先行者"却没能发现它强大的抗菌作用，遗憾地错失良机。如果他们在地下有知，那就只有"闲愁万种，无语怨东风"了。弗莱明说："我的唯一功劳是没有忽视观察。"由此可知，只有像弗莱明这样重视观察、长着慧眼的"有头脑"之人，才能抓住偶然的时机，于无声处响惊雷。这是七叹。

…………

# 橘红染料引出的药物

## ——多马克发明百浪多息

实验室里的多马克

1947 年，德国生物学家多马克（1895—1964）才独享迟到了 8 年的 1939 年诺贝尔生理学或医学奖。这是为什么呢？

原来，诺贝尔奖评委会在 1939 年就宣布多马克是唯一获奖者，但是由于希特勒（1889—1945）的阻挠和盖世太保的威胁，他当时被迫拒绝受奖。

多马克得奖的原因是发现了"百浪多息"的抗菌作用，而这一发现，则与几次偶然事件相关。

1932 年的一天，多马克在实验室里偶然发现了一瓶橘红色的化合物，就好奇地问同事："这是什么？"同事告诉他，这是法本实验室合成的一种染料，叫"2，4-二氨基偶氮苯"；在 20 世纪初，人们就发现这类染料有一定的抗菌作用。在这一启发下，他联想到一些化学家设想在这种染料中加入磺胺基，就可以改进它对毛料的染色坚牢度及提高它对细菌细胞的结合能力这一情况，于是和他人一起，合成了"4-磺酰胺基-2'，4'-二氨基偶氮苯"——即百浪多息。为了证实百浪多息的杀菌力，他分别将它滴入装有葡萄球菌、大肠杆菌和链球菌等的试管中试验，但是，却得到不能杀死其中任何细菌的结论。

百浪多息真的没有任何医疗价值吗？多马克望着它，呆呆地冥思苦想。"染料可以作为治疗疾病的基础。"突然，他想起药物

"606"的发明者、德国免疫学家欧立希（1854—1915）的这句话。这鼓励了他的士气，决定用动物来再次做细菌试验。

多马克拿起针筒，给两只被链球菌感染的小白鼠注射了百浪多息。第二天一看，两只小白鼠活蹦乱跳——百浪多息对老鼠链球菌感染确实有疗效。

多马克知道，如果仅仅限于人体外试验，百浪多息的抗菌作用是发现不了的。那么，它对人体有没有效应呢？然而，人命关天——他不敢贸然用人做试验。

可是，1933年一次偶然事件，使多马克不得不冒这个险——一天，他的小女儿爱莉莎的手被针刺后感染，面临生命危险。在各种方法和药物都没有效果之后，他冒险用百浪多息一试，结果女儿转危为安。

这一消息一传十、十传百——一直传到伦敦。

这时，大洋彼岸的美国发生了又一个偶然事件，更是把这一消息传遍全世界。原来，美国总统罗斯福（1882—1945）的一个儿子，因为细菌感染发高烧卧床不起。医生判断为血液中毒症，并建议注射来自英国的新药百浪多息。罗斯福夫妇听从了医生的意见，果然小罗斯福转危为安，不久就出院了。这一消息当然立即就不胫而走。从此，百浪多息名声大震，誉满全球。

百浪多息成了"灵药"之后，引起了更多科学家的研究。结果发现只有它的分子中的"氨苯磺胺"这一成分，才是有效因素。由此，一个生产和应用磺胺类药的时代开始了——几百种形形色色的磺胺类药源源不断地陆续生产出来。这样，许多当时认为是可怕的疾病——特别是肺炎类疾病，一下子变得并非"无药可治"了。

1939年9月1日，第二次世界大战全面爆发，磺胺类药就成为救治千百万伤员病菌感染的主角——直到青霉素被批量生产出来。某些磺胺类药，还一直用到今天。

1935年百浪多息开始销售

175

# 质疑常规方法之后
## ——汤飞凡等发现沙眼病毒

沙眼是一种古老的疾病，曾在世界各地广泛流行，给患者带来极大的痛苦，不少人因之失明。

那么，沙眼是如何引起的，又如何防治呢？这是科学家和医生们都关心和研究的一个课题。

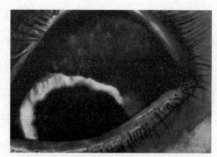

沙眼（上睑滤泡）

探索这些问题，走过了艰难曲折的道路。

最初，一些科学家把凡是沙眼内找得到的细菌——例如葡萄球菌、淋球菌和肺炎球菌等 30 多种细菌，都认为是沙眼的病原菌。这就是沙眼的"细菌（病原）说"。

然而，把这 30 多种细菌接种于人或猴的眼结膜内，都不能引起沙眼；而在能引起沙眼的沙眼组织的滤液中，却怎么也培养不出任何一种细菌。这样，轰动一时的细菌说就被否定了。

其后，又有一些科学家提出颇有影响的"立克次体说"——认为立克次体就是沙眼病原。然而，后来许多科学家的研究证明，立克次体不是沙眼病原，而是因为立克次体与沙眼病毒在形态上或染色体上比较相近而造成的误会。

上述两种学说都被否定之后，捷克科学家在 1907 年提出了病毒学说——沙眼是由病毒引起的。这种学说虽然被科学家们接受，但是

"沙眼之谜"依然没有完全揭开——这种病毒是什么，如何把它分离出来？

由于不能分离出这种病毒，所以这种学说就只能停留在假说阶段；由于得不到病毒株，人们对沙眼的传染、诊治、预防和免疫等方面的研究也就成了"无米之炊"。因此，尽快把沙眼病毒分离出来，就成为全世界沙眼病研究者的共同愿望。

近半个世纪过去了，世界各国科学家们艰辛的劳动却收效甚微——沙眼病毒依然"芳踪难觅"，更不用说其他研究了。

历史选择了中国最早的微生物学教授汤飞凡（1897—1958）等中国科学家。汤飞凡虽然担任着中国卫生部生物制品研究所所长等许多领导职务，工作十分繁忙，但仍一直惦记着沙眼病毒的研究。1954年初，他得到北京同仁医院眼科专家张晓楼的热心合作，亲自领导、主持和参加了这项研究。

分离沙眼病毒的困难究竟在哪里呢？为什么这么多科学家用了那么多的时间和劳动都没有成功？为什么和沙眼病原体同类的鹦鹉热病原体，早在1930年就用小白鼠和鸡胚这样的分离技术就很容易分离出来呢？对这些问题，汤飞凡长期以来常常魂牵梦绕。

20世纪50年代的一天，汤飞凡偶然产生了一个新的疑问："毛病会不会出在青霉素和链霉素（以下简称"二素"）上面？"因为在把沙眼病人的结膜材料接种到鸡胚上的时候，总要加"二素"——这是研究工作的常规。这个长期以来没有引起人们怀疑的常规，此时却引起了汤飞凡的"特别怀疑"。"这个常规是根据什么提出来的呢？"他想，"是根据分离病毒的经验制定的。"自从病毒被一种又一种分离出来以后，大家都知道它们对所有抗菌素都不敏感，所以，为了控制病人眼结膜里夹杂的细菌污染，都用青霉素来抑制革兰氏阳性细菌等生长，用链霉素来

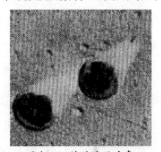

放大 3 万倍的沙眼病毒

抑制革兰氏阴性细菌等生长——"二素"加在一起，就能抑制各种细菌生长。

汤飞凡又进一步想，沙眼病毒是不是同以往分离到的病毒一样呢？既然其他病毒在光学显微镜下都看不见，而沙眼病毒在光学显微镜下却可以看见，那么沙眼病毒在对"二素"的敏感性上，是不是与其他病毒也有所不同呢？如果沙眼病毒对"二素"有敏感性，那么人们在接种的时候加的大量青霉素就可能把它杀死了——那又怎么能分离得出来呢？

汤飞凡

汤飞凡连忙找张晓楼教授了解临床上"二素"治疗沙眼的效果，同时又赶紧查阅各种中外文资料，了解国内外临床上应用"二素"治疗沙眼的情况。结果，他们从中得到一个深刻的印象：链霉素治沙眼基本无效，说明它对沙眼病毒没有威胁——还可继续使用；而青霉素治沙眼的疗效则说法不一，但一本叫《人的病毒病》的英文书却比较肯定青霉素可控制沙眼症状的发展。

这样，他们就把注意力集中到青霉素上，将它的用量果断地减少到原来的1/5。结果从1955年7月起到1956年6月12日止，就8次分离出了沙眼病毒 $IE_8$（I代表沙眼，E代表鸡卵，8是第8次分离试验）。

只用一种方法分离成功，还不能作为最终依据。汤飞凡等又做了一次完全不用青霉素而用链霉素，而且用量增加一倍的分离，也在同年7月取得成功，8月初又分离成功。两年之后，英国等许多国家也纷纷报道采用这种分离法取得了 $IE_8$。

汤飞凡是世界上发现重要病原体 $IE_8$ 的第一个人，也是到20世纪80年代为止唯一的一个中国人。

1956—1957年，汤飞凡与张晓楼合作发表了他们包括上述成果在内的对 $IE_8$ 的一系列研究成果——包括《沙眼包涵体的研究》在内的几篇重要论文。1957 年 6 月，第一株沙眼病毒 $IE_8$ 被分离出来的将近两年以后，汤飞凡在外文版《中华医学杂志》（*Chinese Medical Journal*）上用英文发表了论文。

"如果科学研究需要用人做试验，科学研究人员就要首先从自己做起。"这是汤飞凡的原则和格言——他以前也是这么做的。例如，早在 1930—1935 年，他就同周城浒合作，把日本微生物学家野口英世（1876—1928）认为是沙眼致病菌的"颗粒杆菌"即"沙眼杆菌"，注入自己的眼内试验。结果证明它并不致病，从而推翻了沙眼的细菌说。这次，为了使 $IE_8$ 在人眼内得到验证，汤飞凡又"故伎重演"——1958 年 1 月 2 日，他让张晓楼把分离出的 $IE_8$ 注入他的眼内试验。结果，呈现出沙眼病患者的典型症状——$IE_8$ 的确是引起沙眼的唯一"元凶"。

从此，半个世纪以来笼罩着沙眼病毒的迷雾疑云终于被驱散了。

1958 年，汤飞凡发表了《关于沙眼病毒形态学，分离培养和生物学性质的研究》等论文，为沙眼病原的研究揭开了新的历史性的一页。

$IE_8$ 分离成功的消息传遍了全世界，许多著名生物学家对汤飞凡这一填补微生物学空白的成就表示祝贺和赞赏——被称为"汤氏病毒"的名词代替了沙眼病毒，他的成果被大量引用，有的还编入教材，有人把它称为"1958 年医学十大成果之一"，写入年鉴，载入史册。1981 年 5 月 11 日，国际沙眼防治组织在巴黎举行了隆重的仪式，授予汤飞凡和张晓楼金质奖章。

必须说明的是，发现 $IE_8$ 等成果，是卫生部生物制品研究所的科学家们集体劳动和兄

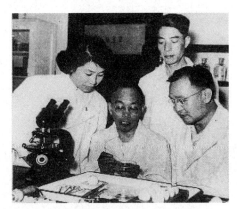

汤飞凡和合作伙伴们

弟单位协作的结晶。例如，1955 年 8 月 10 日同仁医院送来的鸡胚卵黄膜标本中，在 8 月 18 日用显微镜看到"好多好多"沙眼病毒的，是李一飞。中国在 1982 年为汤飞凡、张晓楼、黄元桐和王克乾等研究组成员，颁发了国家自然科学二等奖。

汤飞凡早年曾留学美国哈佛大学，学成后放弃优越条件毅然归国——要培养更多的微生物研究人才。不幸的是，1958 年 9 月 30 日，他却在"拔白旗"运动中含冤自杀。英国科学家兼科学史家李约瑟（1901—1995）博士在致汤飞凡的悼词中说："我荣幸地结识了你们国家这样一位杰出的科学公仆……他是绝不会被忘记的。"

是的，汤飞凡这位中国微生物学的奠基者和国际著名的微生物学家以其崇高的科学美德和科学的献身精神，连同他的诸多成就被人们永远铭记。他的科研方法，启迪着我们在科学道路上继往开来。

在发明电话的美国科学家贝尔（1847—1922）的塑像下，有句关于机遇发现的名言："有时需要离开常走的大道，潜入森林，你就肯定会发现前所未有的东西。"这也是汤飞凡由"偶然产生的疑问"出发，作出重大贡献所用的科研方法的最好注释，而这个"偶然产生的疑问"，则凝聚了他 30 多年的汗水和用身体做试验的风险——正所谓"血汗浇来春意浓"。

# 老鼠乱窜闯祸之后
## ——克拉克发明人造血

"哎唷！"一位名叫高兰的助手突然轻轻地叫了一声。发生什么事了？

原来，在1966年7月的一天上午，美国医学博士小利兰·克拉克和往常一样，和这位助手一起，在辛辛那提大学的医学研究实验室里（一说亚拉巴马大学医学中心）做一项生化实验。突然，一只做实验用的老鼠从笼子里逃了出来，在逃窜时偶然掉在一个装有氟碳化合物的容器中。于是有了助手的轻叫声。

克拉克慌忙去捞，捞了好久才把它捞上来。他原来以为老鼠必将被淹得半死，可是，他却惊奇地发现，它并没有奄奄一息，而是抖了抖身上的液体就逃窜而去。

克拉克觉得这事很奇怪——为什么它会长时间离开空气也可以生存下来呢？为了进一步证实和研究，他又取来一些大白鼠淹在前述容器中，并将氧气通过管子通进液体内。结果，这些老鼠竟存活了两个多小时而没有死去。原来，这种氟碳化合物名叫二氟丁基四氢呋喃，溶氧能力约为水的20倍，所以有充足的氧气供老鼠生存用。

克拉克由此得到启发：既

血液凝块构造：环状、纤维状和白色分别为红细胞、纤维蛋白和血小板

然这种物质的溶氧能力这么强，那可不可以用它携氧作"人造血"呢？于是他又进一步实验和研究，以期制得适合人体需要的人造血。

为了进一步证实氟碳化合物的携氧功能，美国科学家斯洛维特在1967年用氟碳化合物代替血液，使大鼠存活了一段时间。1968年，另一位美国哈佛大学的盖耶教授则用另一种氟碳化合物——全氟三丁胺乳胶，置换了一只大鼠的血液，使它存活了8小时。1970年，克拉克用氟碳化合物替换了一只狗90%的血液，结果它长期正常存活。

因克拉克所用的这种氟碳化合物有毒性，还不能用于人体——人造血没有首先在美国取得成功。

当这一消息传出后，在欧洲旅行访问的日本医生、绿十字制药公司经理内藤良一，立即提前赶回日本，接着又马不停蹄地带人专程去美国拜访了克拉克，了解有关详情。他回国后，就组织了150名专家，和大阪市绿十字医院的同事们一起进行突击研究。在历经11年时间和数百次试验研究之后，终于1979年2月研制成功了人造血——氟碳乳胶溶液（Fluosol-DA，简称FDA）。

这种乳白色的FDA在老鼠、家兔、猴子身上实验后，效果良好。他也首先在自己身上输了50毫升，并没有不良反应，后来加大剂量也是如此。接着，他又在10位同事身上试验，也没有发现异常反应。接下来，就开始在日本进行临床试验。

1979年4月3日，日本福岛医科大学医院的本多宪儿教授首先把FDA用于临床——给一名61岁的胃溃疡手术后的患者输了1升，挽救了他的生命……

输注FDA不必查血型（所以称为"万能血液"），FDA不

科学家正在培育能生产人体血红蛋白的转基因植物

带任何病菌（不会引起传染病），可存放几年（天然血只能存放三个月），溶氧量比人血高两倍。因 FDA 缺乏血小板、白细胞及其他血液成分，只能起到红细胞的输送氧气的作用而不能输送营养物质，对肝脏和肾脏还有一定的毒副作用，一次不能大量输用。FDA 虽已抢救了数以万计的人的生命而取得成功，但目前科学家们仍在寻找更好的人造血。

后来，各国研究出来了多种人造血，如美国的万能输血用新型血细胞，苏联的全氟萘烷等。

在 1997 年岁末，英国科学家就提出用牛羊奶生产人造血浆。2000 年，法国科学家宣布一种新型人造血——溴代全氟辛烷，将解决原来人造血不易被人体排泄出去的问题，目前正试用于临床。英国《每日邮报》报道了人造血研究的最新进展：美国科学家在 2010 年 7 月研制成功了与健康人体循环中的血红细胞完全相同的人造血，并将在 5 年内用在战场上。

给人类供血的另一思路是用植物的"血"。1998 年，法国科学家克罗德发现，在玉米、油菜、烟草等植物中，含有类似人体血红蛋白的基因，这表明植物也有造血功能。如果再把铁原子加进其中，就可以制造出人体所需的血红蛋白。科学家们正在培育能生产人体血红蛋白的转基因植物。如果这方面取得突破，植物就能给人类提供取之不尽的安全血液。目前，能生产人体血红蛋白的转基因烟草已培育成功，能生产人体血红蛋白的转基因玉米的培育工作也在试验之中。

中国从 1975 年开始研究人造血，1980 年 6 月 9 日在上海第一医学院附属中山医院取得临床试验成功——这一年就有 14 个病人输入人造血后获得满意的结果。2008 年，英国试制了一种"塑料血"——由携铁原子的塑料分子构成，不用考虑血型。

说来也有趣，氟碳人造血同原子弹竟是一对"孪生兄弟"。原来，美国制造原子弹的时候，为寻找分离同位素铀的物质煞费苦心，最后发现只有全氟化碳才能胜任，于是利用它制成了世界上第一颗原子弹。

# 滑雪偶得之后

## ——人造血管的诞生

美国有一个戈尔联合公司，它的创始人戈尔，原来是杜邦公司研究室的研究人员。

1941 年，普伦基特制成性能优良的"塑料王"PTFE 后，由于第二次世界大战，它的应用没有得到开发利用。20 世纪 50 年代以来，戈尔一直在进行"塑料王"的应用研究，所以口袋中常装有一些 PTFE 棒、管之类的半成品。

1971 年的一天，戈尔和几个朋友在一个山坡上滑雪，朋友中有一位是医生。他们刚准备滑出去的时候，戈尔无意之中从口袋里掏出一小段拉伸了的 PTFE 管子看了看。这位医生见了，就问："那是什么？"

戈尔向这位医生介绍了关于 PTFE 的优良性能。

"了不起！那你打算用它干什么呢？"医生问。"还没有主意呢。"戈尔回答。

"那么，就把它送给我吧，我要把它和猪的心血管接起来。"医生说。

两个星期之后，医生兴奋地来找戈尔，说："我把它和猪的心血管接起来，行了。下一步做什么？"戈尔要医生去找公司的人一起商量，进一步开展把 PTFE 管子用作人造心血管的试验，如果动物试验成功，还可进一步用于人体试验。

可是，试验并不是想象的那么顺利。1975 年，发现一个病人的动脉接了 PTFE 管子后，管壁上长了个泡泡。这表明人造血管的强度不够，经受不了血液的压力，如果让泡泡继续扩大，势必危及病人的生命。公司马上开会讨论如何办。一位职员想出在管子外再包覆一层薄膜的办法，以增强管子的强度。经过 20 多次试验，终于成功了。

从此，拉伸 PTFE 管（又叫 goretex）作为人造心血管材料得到广泛的应用。到 1982 年，全世界已有 37.5 万名病人用上了戈尔公司的人造心血管。

目前临床应用的人造血管，主要是涤纶和膨体聚四氟乙烯两种。由于它们都存在着不少的缺点和不足，至今还没有十分理想的人造血管。

高分子 PTFE 人造血管

# "外星来的病毒"

## ——普鲁西尔发现蛋白致病因子

美国东部时间 1997 年 10 月 6 日早上 5 点零 5 分，美国加利福尼亚大学旧金山分校从事神经病学研究的生物化学教授斯坦利·普鲁西尔（1942—　）突然被一阵急促的电话铃声惊醒。哦！这是一次国际长途：瑞典斯德哥尔摩打来电话，将于同年 12 月 10 日授予他当年的诺贝尔医学或生理学奖，奖金 100 万美元。

普鲁西尔

普鲁西尔何许人？又因何在数以万计的杰出医学科学家中独占鳌头而独享这一殊荣呢？这还得从头说起。

1972 年，30 岁的普鲁西尔正在加州大学旧金山分校当住院实习医生。当时，医院来了一位看起来并不虚弱的 50 多岁的妇女。她在用钥匙开锁的时候，老是插不进锁孔，这样一个简单的动作往往要重复上千次才能完成——显然，她的神经协调功能发生了障碍。几个月之后，她开始耳聋、瘫痪和记忆力消失，甚至不能记住自己的名字。这些症状表明，病人患的是罕见的克－雅氏病。不久，她就死了。

普鲁西尔没有放过这个难得的意外研究克－雅氏病的好机会——这种致命的脑病的发病率仅为百万分之一啊！他在对病人的尸体进行解剖的时候偶然发现，病人的大脑组织呈海绵状——这与健康人大脑组织完全不同。从此以后，普鲁西尔又进行了一系列的临床系生化研究：与人体神经系统失调引起的多变硬化病和帕金森氏症作了对比；与中年妇女易患的红斑狼疮、关节炎和一些糖尿病、癌症等免疫系统失调引起的疾病作了比较；对比了患有羊瘙病的绵羊。最终，他发现了一种新的致命因子——"普里昂"（prion）。这是一种蛋白质致病因子，因"蛋白质"旧称"朊"，所以也称为"朊病毒"。在1982年普鲁西尔发表上述研究成果的论文中，他称其为"蛋白浸染因子"。

《自然》杂志封面：朊病毒图案

普鲁西尔提出的理论的要点是：疯牛病和克－雅氏病是由微小蛋白质——朊病毒引起的。

朊病毒具有极强的感染力和生命力。1克含有朊病毒的鼠脑，可使1亿只小鼠感染发病。朊病毒比任何细菌、病毒都耐热：用90 ℃加热30分钟，它的病毒感染力毫不减退；用120~130 ℃加热4小时，它仍有一定的病毒感染力！此外，它还能耐放射线和紫外线的照射，并对化学疗法有抗药性，就连大名鼎鼎的福尔马林也不能把它杀灭。这"烧"不死、"杀"不灭的普里昂，曾引起过医学界的忧虑和恐慌，以致美国《纽约时报》就曾称这种神秘莫测的、神通广大的致病因子为"外星球来的病毒"。

朊病毒可导致许多疾病，如：①阿兹海默氏病——现在全世界有近1亿病人；②羊瘙病——最早在18世纪于冰岛发现；③疯牛病——最早于1985年在英国发现；④克－雅氏病——类似疯牛病的一种人脑病，发病率为百万分之一；⑤克－雅氏病的一个变种——可能是通过疯牛病的传播引起的；⑥库鲁病——巴布亚新几内亚的神雷人中发现，其病毒是朊病毒中的一种；⑦格－斯－切三氏病——是一种遗传性痴呆病；⑧致命性家族失眠症——由另一种为人体朊病毒蛋白编制密码的基因发生突变引起的疾病。

普鲁西尔的发现具有非常重大的和多方面的意义。

首先，极大地丰富、发展和修正了早期病毒的概念。正如瑞典卡罗琳医学研究院发表的嘉奖辞所说："普鲁西尔在已知的包括细菌、病毒、真菌和寄生虫在内的传染性因子名单上又加进了朊病毒。"蛋白质也是病毒？这似乎是天方夜谭式的神话！可是，普鲁西尔的同事桑塔·克鲁兹研究之后发现，普里昂分有害、无害两种，可以互相转化。另一位同事米尔豪泽则说，普里昂是一种正常存在于脑组织里的蛋白质，只要它们好好地待在那里而不去变成"坏小子"，就不会致病。由此，一些科学家认为，新病毒的发现将引起"生物学领域的一场革命"。正是普鲁西尔发现了这一"神话"。

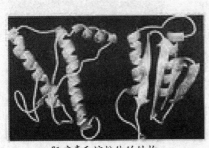
朊病毒和淀粉体的结构

其次，使传统的生物遗传学观念受到强有力的挑战。传统的"生物中心法则"认为，不论哪一种生命，都具有遗传物质核酸；遗传信息只能从核酸流向蛋白质，而不可能由蛋白质流向核酸，也不可能由蛋白质流向蛋白质。也就是说，一个缺乏核酸的体系，要想继代存在是不可能的。朊病毒的最大特点，是只含有浸染病毒所必需的蛋白质成分，而不含核酸成分。这一发现，表明自然界存在着以蛋白质为遗传信息的可能。事实上，普鲁西尔就认为，普里昂具有浸染性的原因就是不含核酸，它激活为自己编码的寄生基因进行转录或产生逆向转录；或者以普里昂的蛋白质作"模板"而直接合成新的蛋白质分子。很明显，他的观点与"生物中心法则"大相径庭，而使传统遗传学面临挑战。

正是人们受到传统观念的约束，虽然普鲁西尔在 1982 年就公布了他的研究成果，但最近几年医学界才逐渐接受他创新的学说；因此没能避免 1996 年那场震惊全世界的英国疯牛病大爆发。如果没有这次爆发，普鲁西尔的上述发现很可能至今仍鲜为人知。

正因为传统观念的约束，所以在朊病毒研究的舞台上，才充满了苦涩的相互攻击。苏黎世大学教授阿德里亚诺·奥古兹（Adriano Aguzzi）说："朊病毒疾病的研究故事，就是一场流血冲突的故事。"他回忆，曾经在一次朊病毒的研究会议上，两个卓越的研究者长期不合，甚至发展到对骂。

再次，普鲁西尔的发现，为现代医学了解和掌握与痴呆症有关的其他脑病——例如阿耳茨海默氏病的生物活动机制奠定了基础。

最后，为今后的药物开发和医疗方法的确立指明了方向——普鲁西尔预言 5~10 年内将研究出遏制克 - 雅氏病的药物。

至今，有关朊病毒的许多问题还在研究之中。

# 十万火鸡为何离奇死亡

## ——黄曲霉素的发现

"糟了，糟了，火鸡死了！"

1960年的短短几个月内，在英国南部地区，许多养鸡户都突然遭遇飞来横祸。他们先后发现，总共十万只火鸡"无缘无故"地先后死去——历史上著名的"火鸡事件"。由于火鸡的死因不明，所以当时被称为"火鸡 X 病"。是什么病因让火鸡得了"X 病"呢？经过1961年的调查研究发现，在火鸡的饲料中有从巴西进口的霉变花生饼粉。那霉变花生饼粉是不是使火鸡死亡的"罪魁祸首"呢？人们用它喂养大白鼠来做实验，结果发现诱发了大白鼠的肝癌。1962年，科学家内斯贝特（Nesbett）等人用氧化铝层析板法，在紫外线照射下分离并鉴定出了其中的致癌物质，将它命名为黄曲霉（毒）素。这就初步证明，黄曲霉素是鸡的死因。后来的研究发现，黄曲霉素并不是结构单一的化合物，而是由多种二氢呋喃香豆素衍生物这类结构相似的化合物组成。

接着，又有许多科学家相继对黄曲霉素进行更深入的研究——包括它含哪些单一的物质，容易在哪些食品中存在，由哪些物质生成，等等。

例如，哈尔特（Hartey）等在1963年，霍尔扎普夫（Holzapfel）等在1966年，都各自发现了黄曲霉素中不同的单

显微镜下的黄曲霉素

190

一物质。迄今已发现多种黄曲霉素中的单一物质，其中分离鉴定出了12种：B1，B2，G1，G2，M1，M2，P1，Q，H1，GM，B2a和毒醇。在这12种中，B1的毒性及致癌性最强，属于"特剧毒的毒物"（指"动物半数致死量"小于10毫克/千克体重的毒物），半数致死量仅为0.36毫克/千克体重。它毒性强到什么程度呢？比氰化钾强10倍，比砒霜强68倍！又如，发现黄曲霉素主要存在于被黄曲霉污染过的粮食、油料及其制品中——例如花生、花生油、玉米、大米、棉籽。此外，在干果类食品（例如胡桃、杏仁、榛子、干辣椒）中，在动物性食品（例如肝脏、咸鱼）和奶、奶制品中，也曾发现过黄曲霉素，所以，在发现食物已经发霉或变质时，千万不要食用——"发霉的花生不能吃"就是典型的实例。

再如，在经过多年研究之后的2009年，美国加利福尼亚大学欧文分校的科学家首次发现了黄曲霉素生成的原因和物质。他们在当年的一期英国《自然》杂志上发表论文说，一种名为PT的蛋白质是黄曲霉素产生的关键物质。"这一发现将有助于我们了解黄曲霉素究竟是如何引发人体肝脏癌变的，同时也将能够帮助我们开发出相应的治疗药物。"研究人员弗兰克·梅斯肯斯说。

黄曲霉素主要是严重破坏人和动物的肝脏组织引起肝癌，还可诱发骨癌等癌症。1988年，国际肿瘤研究机构（lARC）把B1列为人类强致癌物。1993年，世界卫生组织（WHO）的癌症研究机构把黄曲霉素定为"一类致癌物"。在1995年WHO制定的食品规范中，最高允许浓度为15微克/千克。美国联邦政府和欧盟有关食品的法律的规定则更加严格。此前的1990年11月26日，中国卫生部发布施行了《防止黄曲霉毒素污染食品卫生管理办法》，规定大米、食用油中黄曲霉毒素允许量标准为10微克/千克，其他粮食、豆类及发酵食品为5微克/千克。婴儿代乳食品不得检出。我们可以看到某些以花生为原料的色拉油，在塑料外包装桶上印有"绝不含黄曲霉素"的承诺。

从偶然的"火鸡事件"引出黄曲霉素的发现和研究，我们可以得到许多有益的启示。

假如"火鸡事件"无人注意，显然悲剧会重演；不能对这类事件置之不理，应及时找出原因。

发现了"火鸡事件"的罪魁是霉变的花生，那发霉的玉米、大米等等，又能不能吃呢？如果不刨根问底，也不能解决这一系列的问题。

幸运的是，化学、医学、食品领域的科学家们并没有浅尝辄止，而是从"火鸡事件"中找出了元凶后，再经过大量的实验和临床，证实了黄曲霉素对健康的危害，并由有关部门制定相应法规，采取相关措施来预防。

霉花生不能吃，这是感性认识——源于"火鸡事件"。如果仅仅停留在这个水平上，并用来指导实践，那就是把一得之功和一孔之见当成普遍真理，就容易犯经验主义的错误。被黄曲霉素污染过的任何食品都不能吃，则是理性认识。揭露同类事物的共性，让"感性"上升到"理性"，这是能揭露事物本质的科技发展规律；用它来指导实践，也是成功的保证。

# 妻子喷杀花虫的启示
## ——来自耳垢中的杀虫剂

现已年过"古来稀"，从 1966 年起就生活在德国的伊朗人依拉迪·赫沙比（1945— ）——一个多才多艺的人，会绘画、演奏小提琴……

"永远不许有劣作和蠢事与我的名字相连。"1966 年移居德国的赫沙比自信地说。据说，他是世界上第三位著名的个人大发明家——超过 400 项的发明专利，仅次于一个美国人和一个英国人。他的发明灵感，经常来自于日常生活，发明成果又服务于日常生活，如油罐保护装置、自动空气净化器、环境保护汽车喇叭、无声除草机和充气雨伞，等等。其中发明无毒杀虫剂，就是看妻子莳花的时候引出来的。

一天，赫沙比的妻子在阳台上用杀虫剂喷洒生了虫子的夹竹桃。

"什么东西？这么奇臭难闻！"他看见之后，非常生气地问。

"还不是杀虫药。"

…………

"不用剧毒的喷雾剂，也应当能灭虫，"赫沙比的灵感被唤醒了，"剧毒的喷雾剂有害健康，会污染环境；能不能不用有毒喷雾剂也照样灭虫呢？"

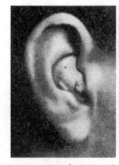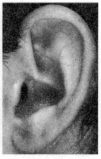

耳朵中的耳垢成了"座上宾"

接着，赫沙比就开始顺着这个思路思考。没几天，他就有了主意：人体有个部位不受虱子、臭虫和其他小虫子的侵扰——那就是耳朵。

当天，赫沙比就叫人在实验室里分析耳垢的成分。结果发现，耳垢由 120 种不同物质组成，其中一种物质能驱赶甚至杀死昆虫。他研制成功了从这种物质中获得的对人体无毒的杀虫剂。同年，他在埃森召开的植物国际博览会上进行了推荐介绍。

一向不登大雅之堂的耳垢，已成为科学家们实验室里的"座上宾"——因为它的一些奥秘和更多的实际用途，人类还没有"读懂"。例如，在 1988 年，苏联著名生物学家斯毕西等科学家发现，干湿两种耳垢的蛋白质和酵素成分有很大的差异；可以用耳垢来断定人的种族和某些疾病。他们的实际成果之一是，从耳垢分析可以知道，苏联的爱沙尼亚人和匈牙利人，就比其他欧洲人具有更多的蒙古人血统。

# 聋哑人用脑和眼说话
## ——第一颗变星的发现

英国英格兰天文学家约翰·古德利克（1764—1786）是一个天生的聋哑青年。然而，他身残志不残，有着不懈的追求——自己磨制天文望远镜，进行天文观测。

1782年11月12日，古德利克用自制的天文望远镜观察恒星大陵五（即英仙星座 β 星，β Per 或 Algol）的时候，偶然发现它十分奇怪——亮度有周期性

古德利克

地时亮时暗，不像其他星星那样亮度不变。于是，他继续观察，要探个究竟。最后，他终于测出了亮暗变化的周期接近69小时。他对它的亮度为什么会周期性变化，仍百思不得其解。

一次，古德利克在观测星空时又偶然发现，一片流云渐渐掩住了星光，当流云过去之后，星星又亮起来。这时，他心里豁然开朗：难道也有什么"东西"有周期性地遮住大陵五么？他又想到日蚀的情景——月亮挡住的时候，阳光变暗，月亮移开时，太阳又变亮了。对！一定是大陵五的身边有一颗比较暗的星围绕它旋转，这颗星在前面的时候，挡住了大陵五射来的光，人们看去就暗了，如果这颗星转过去，大陵五看上去就又变亮了。对此，他推测性地写道："关于这种变化的原因……除非引入一颗围绕大陵五转动的天体，或者它自身

的某种运动，使它那带有斑点之类的东西的部分周期性地转向地球，否则就很难解释这种现象。"他作出这一推理判断的时候，年仅18岁。就这样，"真理诞生在了100个问号之后"。

大陵五的3600秒曝光照片

100多年以后的1889年，德国天体物理学家赫尔曼·卡尔·沃格尔（1841—1907）在波茨坦用观察到的光谱的多普勒效应，有力地证实了古德利克的"引入一颗围绕大陵五转动的天体"的推测。接着，科学界也证实了他的判断：大陵五身边的确有一颗围绕它旋转的伴星，大陵五确是一颗"变星"——人类发现的第一颗变星，它们也是第一对"伴星"。从此，人们研究变星和伴星的历史开始了。

在古希腊神话中，美丽的女妖美杜莎每一根头发都是一条毒蛇，谁要是直接看她，谁就会立即变为石头。后来，有个英雄巧妙地从盾牌的铜镜中看准了她的头，一刀砍去，那颗头就变成了一颗星，人们叫它墨杜萨（"魔星"）——就是大陵五。

大陵五又叫"大陵五食双星"。"食双星"也叫"食变星"，是指两颗星在相互的引力作用下，绕着公共的质量中心旋转的一类天体。由于其中的一颗星可以被另一颗星遮挡而变暗——像日食或月食那样，所以有这个名字。在正常情况下，在地球上看大陵五的亮度与北极星不相上下，每68小时48分多钟就"眨眼"一次，其间从正常亮度降到最暗接近5小时，在最小亮度上停留约20分钟之后，又用接近5小时从最暗回升到平常亮度，并在这个亮度上停留2天2小时49分8秒。

沃格尔

天体物理学的先驱古德利克还研究了天琴座

β星——食变星类的又一个成员。他还研究过仙王座 δ 星的脉动——1784 年发现两颗变星：仙王座 δ（造父一）和天琴座 β（织女二）。它俩是变星的另一个类别——"造父变星"的典型星。

古希腊神话中的女妖美杜莎

古德利克的研究成果，在 1783 年 5 月得到了英国皇家学会的科普利奖章——这种奖章是从 1731 年开始设立的。可惜的是，年仅 21 岁多的他在 1786 年 4 月 16 日被选为皇家学会会员 4 天之后，就不幸被肺炎夺走了生命。终身未婚的古德利克，没能看到他的猜想被证实的那一天。

变星和天文学史研究者们却永远不会忘记古德利克——他的家乡特地建立了古德利克学会，学会的主要宗旨是帮助那些像他那样的不幸的天生聋哑人。3116 号小行星、英国著名的约克大学（University of York）的一所学院等，也以他的名字命名。

变星是指亮度时常变化的恒星，现在发现的有 20 000 多颗，著名的造父变星、"新星"和"超新星"等，都属于变星。变星亮度变化的原因，可以分为外部原因（几何变星）和内部原因（物理变星）。显然，大陵五属于几何变星。

200 多年前的一位残疾青年，能身残志坚，自强不息，这已经令人敬佩。他还能在细心的观察中对两次偶然发现的现象作出正确的联想和判断，其推理又能被 100 多年后更为先进的科技所证实，这的确是天文学史上值得大书特书、让人深思的一件趣事。

让人深思的还有一个问题。

人们观察到恒星亮度的变

科普利奖章

化，显然要比古德利克早得多，但显然没有引起人们多大的好奇心。例如，有些变星每夜都有甚至用肉眼就可以看到的显著亮度变化，可是没有一位古希腊天文学家提到这一点，中古时代的阿拉伯天文学家也没有这种记载。当然，可能是这些文献早已遗

英国约克：古德利克纪念牌

失了，也可能是他们有意不去观察这些现象——也许是观察到了之后"一笑而过"。奇怪的是，古希腊人却在星图中把大陵五标在前面提到的那个会把人变成石头的魔星头上——显然，古人对这颗奇怪的星感到不安。由此看来，古希腊天文学家们，以及古德利克之前所有

蒙塔纳里

的天文学家，对这个偶然现象显然没有古德利克那样的慧眼。其中可以肯定的是，中国古书《宋史》记载的1006年4月3日出现的超新星变光始末的描述，是世界公认的变星的记录；意大利天文学家杰米尼亚诺·蒙塔纳里（1633—1687）在1669年就曾发现过大陵五，但并不清楚它为什么变光，也没有穷追不舍。

# 望远镜对准"金牛"之后
## ——皮亚齐发现谷神星

至今，人们已发现了太阳系有"八行星"——在 2006 年，原来"九大行星"之一的冥王星已被"开除"，而美国科学家约翰·安德森在 1987 年推测的第十大行星一直没能被确证。此外，绕太阳运行的还有许多小行星——它们多在"小行星带"。

皮亚齐

那么，最早的小行星又是谁发现的呢？

1801 年 1 月 1 日夜，意大利西西里岛巴勒莫天文台的台长（1790—1817 在任）朱赛普·皮亚齐（1746—1826）同往常一样，在观测繁星满天的夜空。当他把天文望远镜对准金牛星座方向的星空的时候，偶然发现一个陌生的星点——一个暗弱的天体在移动，以前无人能识。

开始，皮亚齐以为它是一颗新恒星。然而，恒星的移动在短期内是观察不到的。那么，如何解释它的移动呢？这也没有难倒他，认为移动只是因为观测有错误。在以后三个晚上连续观测之后，皮亚齐肯定这星点不可能是恒星——它依然移动不停。谨慎的他，起初只公布这是一颗彗星。由于这个天体没有呈云雾状，移动速度也较缓慢而且均匀，他也意识到它可能并不是彗星。当时，要确定彗星的轨道需要大量观测数据，可是这颗天体不久就没入阳光之中而看不到了；所以，当时就有人说皮亚齐要么是眼花看错了，要么是根本就什么也没

有看到而是在骗人——总之，就是想制造点
什么新闻来捞取荣誉之类的好处。

扎克

这个消息传到德国数学家高斯（1777—
1855）的耳朵里。他相信皮亚齐不是那种
"造点什么新闻"的天文学家。他一定要用
笔尖找到它——用新方法计算出它的轨道。

几个月之后，高斯创立了一种求解 12
次方程的计算方法，把它的轨道计算出来了。
1801 年 12 月 7 日，德国最著名的塞堡（Seeberg）天文台台长——出
生在布达佩斯的弗兰兹·艾克塞瓦·冯·扎克（1754—1832）男爵，
就首先在高斯预报的位置上重新观察到谷神星。这不但为皮亚齐"平
了反"，而且证实了他的猜想——这个天体并不是彗星，而是一颗小
行星；而且，这颗小行星位置，几乎与"提丢斯－波德规则"中所预
计的一样。

那么，提丢斯－波德规则和它的预计又是怎么回事呢？

此前的 1772 年，德国天文学家波德（1747—1826）发表了提
丢斯在 1766 年得到的行星距离间的排列规则，称为提丢斯－波德
规则，并预言在火星与木星之间与太阳平均距离为 $4.2 \times 10^{11}$ 米的地
方，应该有一颗行星。皮亚齐发现的新天体正好与这个规则吻合，就
是波德预言的那颗行星。

皮亚齐将这颗小行星命名为 Ceres Ferdinandea——这个名字取
自罗马神话中的谷物女神赛尔斯（Ceres）及西西里王国的斐迪南
（Ferdinandea）国王，但后半部分斐迪
南的名字不为其他国家接受，因此没再
使用。后来，大家就只取了名字的前半
段，称它为"谷神星"。谷神星是人类
最早发现的小行星，也是最大的一颗小
行星。

谷神星

此后，德国天文学家奥尔伯斯（1758—1840）在1802年3月和1807年3月分别发现了"智神星"和"灶神星"。另一位德国天文学家哈丁（1765—1834）则在1804年9月发现了"婚神星"。

以上小行星都在"小行星带"。

1891年年底，德国天文学家沃尔夫首次用照相法寻找小行星获得成功。后来，人们用此法在"小行星带"陆续发现了一大批小行星。由中国人最早发现的小行星是编号为1125的"中华"（China）——留美学子张钰哲（1902—1986）于1928年11月22日在叶凯士天文台发现。最早与中国有关联的小行星则是由美国天文学家华生发现的。1874年，他来到中国，受到清政府热情接待，于是他把他在北京观测发现的（129）小行星命名为"九华"，将归国途中发现的（150）小行星命名为"女娲"。

1989年，一些媒体误发了"小行星可能撞击地球"的消息后，近年更引起了人们的关注，从行星的"知名度"日益提高，随着研究的深入，其奥秘将逐渐被揭开。

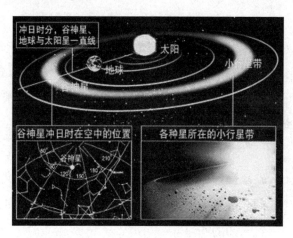

# "天狼"为何"打醉拳"

## ——贝塞尔发现白矮星

在德国维兹法利出生的天文学家贝塞尔（1784—1846），在数学上也很有造诣——贝塞尔方程、贝塞尔函数……就是他的杰作。在他诞生200周年之际的1984年，德国就发行了印有他的头像和贝塞尔函数曲线的纪念邮票。

1810年，贝塞尔担任德国的哥尼斯堡（现在俄罗斯的加里宁格勒）大学教授。他主持建立了哥尼斯堡天文台，且终身担任台长。1834年，他在用天文望远镜观察"天狼星"的时候，偶然发现它并不沿"直线"——大圆的弧运动，而是沿波浪形的曲线运动，好像吃醉了酒"打醉拳"一样。

"咦！这是什么原因呢？"贝塞尔分析后认为，这很可能是由于天狼星受另一颗紧挨着的星的吸引（这在天文学上叫被"摄动"）造成的。经过10年观察和仔细的计算，他在1844年从理论上断定存在一颗未知的新星。

贝塞耳

1862年即贝塞尔死后16年，美国光学家、天文学家阿尔凡·格拉姆·克拉克（1832—1897）根据贝塞尔的计算，将他新磨制的、准备小试牛刀的18英寸天文望远镜对准天狼星的时候，果然看见了这颗星旁有一个伴星——"天狼伴星"。贝塞尔预言但没能看到的结果被证实了。

天狼伴星距离我们 8.65 光年，是人类发现的第一个"白矮星"。后来得知，它的体积不大——仅为太阳半径的 1/50，但它的密度却大得惊人——为水的 17 万多倍，为太阳的 12 万多倍，所以质量与太阳相当，为太阳的 0.98 倍。

天狼星和它的伴星——最早发现的白矮星（右上角亮点）

天狼星是我们能看到的天空中最亮的星，而天狼伴星的光则很暗弱——后来得知，仅为太阳光度的 2%；因此，即使通过天文望远镜，用肉眼也不容易发现它。由此可见，贝塞尔当年不是通过它发的光，而是通过天狼星受它"摄动"从而"打醉拳"来发现它的，真是很不容易。这显示出他兼备很强的实验观察和思维计算的能力。因为天狼伴星暗弱，所以长期被人们误以为是内温很低的红色星。直到 1915 年，才由美国天文学家亚当斯（1876—1956）通过光谱分析确认，它是体积类似行星但质量却类似太阳这颗恒星的、表面温度（约 $10^4$ K）比太阳表面温度还高的白（矮）星。

1924 年，英国天文学家爱丁顿（1852—1944）依据质量和光的关系推测，白矮星是质量与太阳相当的超密态天体，应具有谱线致宽的引力红移效应。1925 年，亚当斯用一具大色散的摄谱仪配置在 2.5 米口径的大望远镜上，果然观测到这一引力红移，而且红移量与理论计算一致。这个结果，既为广义相对论的验证提供了又一实测数据（相对频移量实测值 $6.6 \times 10^{-5}$，理论计算值 $5.9 \times 10^{-5}$），也证实了白矮星的高密度。1926 年，美国物理学家福勒（1889—1944）用刚诞生的量子力学建立了白矮星的"简并电子气体理论"，阐明了第四种物态即"简并物态"的存在。

后来，出生在印度的美国天体物理学家昌德拉塞卡（1910—1995），于 1931 年推导出白矮星具有质量上限——为太阳的 1.44 倍

（1.44 倍在天文学上称为"昌德拉塞卡极限"）。目前的天体演化理论认为，白矮星是天体演化的几种归宿之一——依靠冷却发光，最后变为"黑矮星"而走向死亡。因为这些研究，昌德拉塞卡独享 1983 年诺贝尔物理学奖。

昌德拉塞卡

目前，已经观测到的白矮星在 1 000 个以上。据计算，恒星在核能耗尽后，如果它的质量小于 1.25 个太阳质量，将成为白矮星。例如，2006 年 1 月下旬，美国的"斯皮策"红外空间望远镜，就在 G29-38 号恒星周围观测到了某种类似于尘埃盘的奇特结构。这个结果表明，G29-38 号恒星属于白矮星———一颗已经"死亡"了的恒星。专家们估计，G29-38 的衰亡时间大约在 5 亿年前。如果恒星的质量在 1.25~2 个太阳质量之间，将变为"中子星"——密度比白矮星还大 1 亿倍。如果恒星的质量在 2 个太阳质量以上，最终将变为"黑洞"。

贝塞尔是近代天文学史上里程碑似的人物。他还曾观察到南河三星也以天狼星同样的方式运行，从而推断出它也有一颗伴星——在 1895 年被美籍德国天文学家约翰·马丁·舍尔勒的天文观测证实。贝塞尔还在世界上第一个准确测定了恒星周年视差——实现了科学界三个世纪梦想。

"斯皮策"拍到 G29-38 号恒星已变成白矮星

# "小绿人""传情"之后

——脉冲星是这样发现的

星星在神秘地"眨眼睛"——忽明忽暗地"闪烁"。我们在晴夜观看星空的时候，总会看到这样的现象——这是大气密度不均匀或大气抖动的结果。

在 20 世纪 60 年代初，英国天文学家安东尼·休伊什（1924— ）就发现了另一种闪烁——天鹅座的一个射电源发出的射电信号强度有起伏变化。这种射电波的起伏变化，是受到高空电离层不规则电离影响造成的，被称为"电离层闪烁"。

休伊什

后来，休伊什又发现了"行星际闪烁"。太阳不断抛出带电粒子流即"太阳风"，天体发出的射电波经过星际空间的时候，会受到太阳风的影响而出现闪烁现象，被称为"行星际闪烁"。

由于休伊什在研究这两种闪烁方面的突出贡献，英国工业和科学研究部于 1965 年授予他 17 000 英镑的奖金，供他建造一架由他自己精心设计的射电天文望远镜，鼓励他取得更大的成绩。

休伊什用这笔奖金，带领 6 名研究生，在剑桥大学卡文迪许实验室马拉德射电天文台奋战了两年，终于 1967 年 7 月建成了波长为 3.7 米的大型射电天文望远镜——天线阵。

1965 年，身材矮小但志向远大的女博士研究生乔斯林·贝尔·伯内尔（1943— ）来到这个天文台，在休伊什的指导下操纵望远镜持续观察，并把结果记录在自动记录的纸带上。1967年8月6日，伯内尔通过望远镜第一次意外发现了一个"颈背"状"小不点"的极短脉冲信号——每隔23

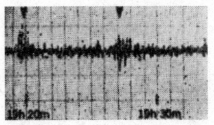

伯内尔最早记录到的"颈背"状脉冲信号

小时56分4秒出现一次，与地球相对于恒星的自转周期相同。

使天文学家伯内尔奇怪的是，在以后直到1967年10月的这段日子里，这个"小绿人"一直出现在同一方位——赤径19点20分，赤纬正23度。而这部分天空并没有编目的射电源，不像人工干扰，也与太阳风无关——因为子夜的太阳在地球背面，行星际闪烁在子夜时很小。她百思不得其解，就去请教休伊什。不过他们改名LGM（意为"小绿人"）的"小不点"，实在太小了——在长127米的图表中仅占1.27厘米，和图表上面的其他众多的信号没有什么区别，以致他们当时没能立即认识到这个发现意味着什么。

他们曾设想，这是来自其他星球上的高级生物为建立星际通信而发出的信号，但问题是，这种信号中不存在任何"人工"调制。从当时发现的四个脉冲信号来看，都在同一个频段（波长为3.7米）上——不能设想四个不同区域的"宇宙人"，会约好同时在同一频段上向地球发射信号。这四个脉冲信号的另外三个，是他们于1967年12月发现一个和1968年1月发现两个。

休伊什建立的后来发现脉冲星的天线阵

于是，他们又从"宇宙人"回到自然界寻找答案，终于在1968年1月底果断判断，这种信号来自一种新的天体，并取名为"脉冲星"。

1968年2月9日，英国《自然》杂志收到了休伊什等

206

5人署名的论文《观测到脉冲射电源》，接着就在醒目位置刊登了休伊什署名第一位，伯内尔署名第二

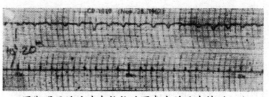

周期明显的脉冲在长长的图表中并没有特别之处

位的这篇论文。由于"小绿人""传情"之后引出的这一重大发现，休伊什和另外一人共享了1974年诺贝尔物理学奖，而伯内尔则"名落孙山"。

对于休伊什的得奖和伯内尔与诺贝尔奖擦肩而过，科学界曾有微词。例如，在1975年3月，英国著名理论天文学家霍伊尔（1915—2001）曾毫不客气地说这次授奖是一次丑闻——休伊什盗窃了伯内尔的发现。《泰晤士报》曾引用了这段话。又如，美国康奈尔大学的奥地利－英国－美国天文学家托马斯·戈尔德（1920—2004）也有类似看法。澳大利亚著名天文学家曼彻斯特尔（R. N. Manchester）和1993年诺贝尔物理学奖的两位得主（因为发现"PRS1913+16脉冲星"）之一——美国物理学家约瑟夫·胡顿·泰勒（1941— ），则在《脉冲星》一书的扉页中有趣地写道："献给乔斯林·贝尔·伯内尔，没有她的聪慧和百折不挠，我们是无法分享到研究脉冲星的幸运的。"他俩对休伊什却只字不提。休伊什则说，伯内尔是在他指导下工作的："这个快乐的好女孩仅仅在做她的工作。"

从休伊什等发现4个脉冲星之后，截至2018年年底，天文学家们发现的脉冲星已超过2 700个。

伯内尔

脉冲星是"超新星"爆炸的残骸，是一种奇妙而特殊的天体。它的体积仅约地球的$10^{-6}$，直径一般为几十千米。例如，休伊什等发现的"4C21.53°"星（1982年被加利福尼亚大学的美国科学家巴克尔证实为脉冲星），直径约为10千米。脉冲星的密度比白矮星还大1亿倍以上，

中心的压力为太阳中心压力的 $3 \times 10^{16}$ 倍以上（约 $10^{28}$ 个大气压）。脉冲星表面温度约 $10^7$ ℃，为太阳表面温度（$6 \times 10^3$ ℃）的 1 000 多倍；中心温度约 $6 \times 10^9$ ℃。脉冲星的辐射量约为太阳的 $10^6$ 倍，磁场也极强（为 $10^{12}$ 高斯）。脉冲星旋转极快，如"4C21.53°"星每秒转 624 次。更为奇特的是，脉冲星一边旋转，一边发出比原子钟还准确的电脉冲（达 $10^{-8}$ 秒数量级）——特别是"4C21.53°"星，至今没有发现丝毫变化。这些电脉冲像"灯塔"一样，扫过宇宙空间，所以脉冲星成为一个研究物质在极端条件下的状态的天然理想实验室。

对脉冲星的研究，还可以寻到 80 多年前。1932 年，英国物理学家查德威克（1891—1974）发现中子以后，丹麦物理学家玻尔（1885—1962）和苏联物理学家朗道（1908—1968）等曾讨论过发现中子的重要意义。朗道当时就提出，有中子组成的致密星存在的可能。1934 年，德国（大部分科研生涯在美国度过）天文学家威廉·海因里希·沃尔特·巴德（1893—1960）和保加利亚 – 瑞士天文学家弗里茨·兹威基（1898—1974）也分别提出过中子星的概念，并指出中子星可能产生于"超新星"的爆发，是大质量恒星演化的晚年。1939 年，美国的"原子弹之父"奥本海默（1904—1967）等通过计算提出了第一个中子星模型。其后 20 多年，理论方面研究进展缓慢，也一直没能找到中子星。脉冲星发现之后，经过一系列的观测、分析、研究，特别是"灯塔"脉冲辐射机制的提出，人们都认为，脉冲星就是高速旋转的、强磁场的中子星，而这正是 1934 年巴德等预言的恒星演化到晚年的产物。

由此可见，脉冲星的发现是对天体演化理论的一个巨大推动。

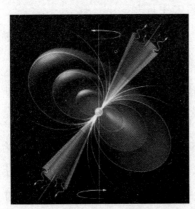

脉冲星发出的脉冲射电源运行效果

# 黄金梦破见"山脉"

## ——哈伯发现"大西洋脊梁"

1973年夏，大西洋中部海域，一大群人汇集在这里。他们是谁，要在这里干什么？

同年8月2日，驾驶员驾驶着"阿基米德"号深潜器，载着首席科学家萨维尔·勒·皮雄（1937— ）和机械师米歇尔开始下潜。下潜的目标，是大西洋中的"洋中脊"——它位于亚速尔群岛

海底裂谷中的奇观

的西南海底。在这3个人中，心情最激动的是在20世纪60年代末和其他几人一起创立"板块构造说"的法国地质学家皮雄——他将是世界上第一个看到洋中脊，也是第一个潜降到中央裂谷底部的人。

3个小时以后，2 600米水深的海底裂谷已呈现在"阿基米德"号的下方。皮雄突然惊呼起来："看，熔岩！"原来，在他的前方，缓缓流动的巨大熔岩流从陡峭的裂谷绝壁上倾泻而下——好一个巨大的熔岩"瀑布"！

几个小时后，他们浮出海面。在母船上焦急等待的其他人——一群海洋科学家和地质学家，一看到3个人欢快闪光的眼神就明白，他们已经找到了打开海底奥秘之门的钥匙。原来，这是一次"大西洋洋中脊水下考察计划"——"法摩斯"法美联合海底探险行动。参加

探险的科学家们是为了支持一种新的理论——"海底扩张说"，来大西洋中脊寻找有力的证据的。海底扩张说是解释地球地貌形成的一种学说，由美国地质学家、地质物理学家哈里·哈蒙德·赫斯（1906—1969）和迪茨（1914—1995）分别在1960年和1961年首先各自独立创立。是的，的确是"法摩斯"——这个词的英文意思就是"著名的"。

那么，这些科学家怎么知道这个"著名的"洋中脊呢？

这，还得从半个多世纪以前说起。

哈伯

1918年，第一次世界大战以德国战败而结束。作为战败国，德国要赔偿协约国大量实物和高达1 200亿马克的巨款——相当于50 000吨黄金。到哪里去弄这么多黄金呢？

"不要紧，海洋是一个聚宝盆，那里有的是黄金！"德国化学家弗里茨·哈伯（1868—1934）胸有成竹地说——他想起了此前瑞典化学家阿仑尼乌斯（1859—1927）的话："世界各大洋的海水里，含有黄金8亿吨之多。"

哈伯的计划被批准了。政府还把一艘名叫"流星"号的海洋调查船，专供他使用。他组织人马，设计了一套从海水中提取黄金的生产工艺，并把"流星"号改装成一座处理海水的"流动工厂"。

"流星"号驶入大西洋，开始从海水中提取黄金。他们夜以继日地工作了10年，处理了一吨又一吨海水，但得到的黄金却微乎其微。

原来，哈伯认为1立方千米的海水里蕴含约5吨黄金——实际上海水中的黄金仅约为他想象中的800万分之一！

德国人的淘金计划虽然落空，但却有一个意外的收获。

就在哈伯从海水中采金的梦想破灭的时候，船上的回声测深仪所获得的海底资料却使大家兴奋和惊讶。原来，当时"流星"号正行驶在大西洋中部，而回声测深仪测出的海水深度竟然很浅，这变浅的海域范围很宽，由东向西有 1 000 多千米。这就是说，在大西洋的中部有一段海底是凸起的高地——这对深信"海底似锅"的哈伯来说，简直不可思议。

这一意外发现，使哈伯和他的同伴们抛开了捞不到黄金带来的沮丧和烦恼，开始把注意力全部转移到海底测深工作中去，并细心收集这一带海域的洋底资料。在差不多 3 年时间里，"流星"号上的科学家们做了数万次测深，整理后的数据资料显示——在大西洋底的确潜伏着一条巨大的山脉。

这个惊人的发现公布之后，在欧洲地理、地质界引起了震动，使人们对大西洋海底地貌有了全新的认识。

为了弄清大西洋海底山脉的情况，后来地理学家、地质学家和海洋学家，又对大西洋洋底进行了全面的测深，终于查清了大西洋这一海底山脉的规模。

1956 年，美国海洋学家在研究了世界各大洋的测深资料后大胆地提出，世界各大洋都存在着海底山脉，且它们首尾相连成一片。由于大西洋海底山脉位于大西洋中部，地质学家还给它取了一个形象而雅致的名字——洋中脊。印度洋、北冰洋的海底山脉同样位于各自大洋的中部，也叫洋中脊。只有太平洋的海底山脉明显偏于东侧，所以也叫"东太平洋海岭"。

后来，科学家们又对洋中脊进行了多次考察。例如，在 1977 年 10 月，美国《全国地理》杂志报道，美国地质学家们乘坐"阿尔文"号深潜器，到达东太平洋

洋中脊温泉口附近奇异的海洋生物

的洋中脊加拉帕戈斯海底裂谷，新发现了充满五花八门的奇异生命的温泉口；而在 1979 年 1 月，美国的地质学家们再次乘坐"阿尔文"号深潜器到达这些温泉口时，竟测到了 350 ℃的高温！

洋中脊，又称大洋中脊、中脊、中央海岭、洋隆，是走向与大陆边沿大致平行的海底山脉，纵贯地球的四大洋，总长 6.5 万千米，高出海底 2~3 千米、宽 1.5~4 千米不等，露出海面以上的那部分为岛屿——例如冰岛、亚速尔群岛、加拉帕戈斯群岛、复活节岛。

黄金美梦虽然没有实现，但却意外地发现了洋中脊，把人类对海洋的认识推向了一个新的高度。研究海洋地质学的人们在谈论这个伟大发现时，都要提及那位曾做过黄金美梦的哈伯。

"有心淘金金未见，无心探脊脊自来。"

# 被茅草割伤之后
## ——鲁班发明锯子

鲁班

鲁班又名公输班，是中国 2 000 多年前卓越的建筑工匠，木工泥瓦匠的始祖，能工巧匠的化身——"班门弄斧"中的"班"，就是从这里引申出来的。

一次，君主要鲁班负责修建一座大殿，如果误期，要受到严厉处罚。

各项工作进展都很顺利，唯有木料有时供应不上。那时伐木都是用斧子，所以速度很慢。鲁班为此非常着急，就到山上伐木现场去察看。由于山路陡峭，草木茂盛，他只好用手攀着树枝和杂草，吃力地向山上爬。突然，脚下一滑，他差点摔倒，而手却被握着的茅草划开了一道血口子，鲜血直往外流。

"怎么一根柔软的小草竟然这么厉害！"鲁班觉得很奇怪，于是又有意识地把茅草握在手中，用另一只手使劲一抽，手上又划出了血口子，血也直往外流。此时，他忍住疼痛，仔细观看，终于发现了茅草之所以锋利无比的秘密：叶子的边缘排列着许多规则的小齿——拉动这些小齿锯的时候，就割划开了他手上的皮肉。

被茅草割伤的鲁班坐在地上，惊叹茅草的威力，眼睛自然地向四处张望。他突然看到，一只大蝗虫正张着两个大板牙，很快地吃着草叶。鲁班捉了个蝗虫一看，它的锋利的板牙上也有小齿……

看看茅草的叶子，再看看蝗虫的大板牙，鲁班心里豁然开朗——

这次偶然受伤使他得到启发，产生了灵感，决心发明一种加快伐木速度的"新式武器"。

锯齿类似植物叶子上的小齿

鲁班把毛竹劈成条，在上面刻了很多像丝茅草叶和蝗虫板牙那样的锯齿。用它去拉树，只几下，树皮就破了；再一用力，树干被锯出一道深沟。可是时间一长，竹皮上的锯齿不是钝了，就是断了。鲁班心想，如果用铁条代替竹条，就会很坚硬耐用。于是他马上请铁匠打了一个有锯齿的铁条，再用它去拉树，真是锋利极了。这就是沿用至今的锯子。

就这样，鲁班让铁匠打了几十根边缘有细齿的薄铁片，用它来锯树，果然又快又省力，结果如期建成了大殿。

鲁班发明锯子的事，一直在中国民间广为流传，小学课本里也有这一故事。在20世纪70年代，在陕西周原，中国考古工作者发掘了一处西周中期的制造骨器的作坊遗址。遗址中发现的兽骨有被锯条锯断后留下的痕迹，并保存有大量的骨质下脚料。还发现了六把铜锯和一把骨锯。鲁班是春秋末期的鲁国人，可见在他之前至少400年已有锯子了。虽然鲁班并不是锯子的最早发明人，但有可能是他后来独立发明的，也有可能是他改进后扩大了使用范围、提高了使用效率；因此，人们把发明权归功于他，也不足为奇。

迟到的发明发现者因为各种原因得到发明发现权，或享有发明声誉的例子并不鲜见。英国科学家卡文迪许（1731—1810）早于德国物理学家欧姆（1789—1854）40多年发现欧姆定律，早于法国物理学家库仑（1736—1806）11年发现库仑定律。因为

兽骨上留有锯痕

他没有公开发表，而是在死后人们整理他的手稿的时候被发现，所以，这两个定律就被分别冠以欧姆和库仑的名字。类似，由于早于鲁班发明锯子的人的名字已无从考查，人们把独立发明或改进锯子的鲁班称为锯子的发明者，也无可非议。

# 暴风袭倒大树之后
## ——铅笔这样问世

    1564 年夏天，在英国苏格兰边境的坎伯兰郡的靠海小城博罗戴尔山谷一带，降临了一场狂风暴雨。山地被冲得沟壑纵横，树木被刮得到处倾倒。

    天气转晴之后，一个牧羊人把羊群赶到山上放牧。突然，他看见在一棵大树翻倒的盘根错节下，出现黑压压的一片东西。出于好奇，他采了一块，这东西乌黑、松软，竟污染了他的手。咦，这不是可以用来打记号么？于是他开始用它在羊身上打各种各样的记号——有的表示这只羊是花钱买来的，而另一些则分别表示是自己繁育或替别人放的羊。他还把它带回家，发现用它在墙上、地上、纸上涂写，都能方便地留下清晰的记号。后来才知道，这种东西就是石墨——他发现了英国有史以来最纯粹的一处石墨矿。

    接着，其他的牧羊人也用石墨块做记号。不久，精明的商人就把它们切成一些细条，在伦敦街头作为"打记石"（或"打印石"）出售，以便在货物或包装货物的物品上做记号。这就是"铅笔"的萌芽。当时人们并不叫它铅笔，而是把它叫作"黑铅"，且不像现在要掺入一定量的黏土等杂质，而是纯石墨。后来，英国人才使用了"铅笔"（pencil）一词，而它又是由罗马人所说的"小尾巴"（penicillus，意为"小毛笔"）演化而来的。1665 年以后，铅笔才在英国被广泛使用。

    虽然倒树事件是发现石墨并最终导致铅笔诞生的一个起因，但石墨却不是 1564 年首先被发现的。早在 14 世纪，用石墨作画已被一些画家采用。中国在 1 900 多年前汉明帝时代（58—76）修编

早期形形色色的铅笔

的《东观汉记》中，就有"曹褒寝则怀铅笔，行则颂读书"的记载。

到了18世纪，军事专家们发现，石墨是制造炮弹时使其形状精确所不可或缺的原料，从而石墨身价百倍。英国国王乔治二世就曾下令将博罗戴尔山谷的石墨矿收归王室所有，并以王室专卖方式来经营。他还授意议会通过议案，保护这一石墨矿：凡偷该矿石墨者一律处以绞刑，1年只准采矿4个月以限制产量，提高价格，采矿人离矿时要搜身。

石墨切成细条做成的"铅笔"的缺点是明显的：污手和易断。一位不知名的聪明人巧妙地解决了污手问题，他用线把"铅笔"完全缠绕，用一点解开一点。易断的问题也被一位巴伐利亚的工匠卡斯帕尔·法比尔解决了。他用硫黄、锑、松香、树脂和碾细的石墨粉混在一起，放入模型压成细条，晾干后使用，效果比单纯的石墨条好用多了。

"铅笔"的进一步发展，与1790年法国皇帝拿破仑（1769—1821）发动的英法战争有关。虽然早在路易十三的时代，"铅笔"就已从英国传入法国，但与法国仅隔英吉利海峡的英国却因战争受到威胁，就在1792年与法国断绝往来，使法国得不到"铅笔"。加之法国大量使用的"铅笔"要从英、德进口这一事实与"法国至上"的思想相悖，于是拿破仑就请著名发明家、化学家雅克·孔特（J. N. Conte）研制"法国式铅笔"。由于法国石墨质量差、数量少，孔特只好掺入黏土与石墨粉压成条形并在窑内烘干焙烧。结果发现这样不但使"铅笔"坚硬耐画，而且可用掺入黏土量不同的方法来控制划出线条的颜色深浅。他还在掺杂的石墨条外面包上雪松木，这就成了现代铅笔的雏形。这种铅笔很快风靡全世界。

1760年，德国人法贝尔在石墨中掺进适当的硫黄，并把它夹在木片中间，也制成了一种铅笔。他还在这一年建立了一个铅笔厂，大量生产的铅笔还远销英法。

1795年，哈特穆特也发明了黏土混石墨粉的铅笔。

现代铅笔

有人可能会问，这些铅笔没有"铅"啊！那怎么会叫"铅"笔呢？原来，古罗马人怕在"纸草纸"上把字写歪，就在写字前用铅盘在这种纸上滚出一条黑线作界线；而铅一直是很珍贵的金属，只有王公贵族才用得起，于是前述法比尔将"石墨笔"抬高身价，取名为"铅笔"就不足为奇了。这一命名的巧妙之处在于它们都是黑色，以致一些人误以为铅笔芯是铅做的，"铅"芯有毒哩！纸草是尼罗河一代的一种植物，当时没有纸，就把它的叶片当"纸"用，称为"纸草纸"，有名的"莱因特纸草书"就是一例。

有趣的是，"美国式铅笔"也来源于战争。1812年，英美战争爆发后，英国政府下令对美国实行禁运政策，原本来自英国的铅笔中断了。美国石墨质量低劣，无论掺入什么物质都无法与当时所制造的粗糙木壳粘在一起。于是引出马萨诸塞州康考德镇做家具的木匠威廉·门罗的发明。他用一台简单的机器生产出长2~7英寸的细木条，木条中间用机器挖出一条凹槽，然后把与凹槽一样粗细的石墨条放在槽内，露出的一半石墨条再用另一根有同样凹槽的木条涂胶后盖上粘合。由于这种铅笔价廉、使用方便、便于携带，所以被"工业革命"后产生的大批坐办公室的"白领"喜爱。鹅翎笔、毛笔等则多被淘汰，美国也一跃成为世界第一大铅笔出口国。美国制铅笔的木料多来自加利福尼亚州高山上的杉树。它木纹理直、质地一致、相当松软、易精确加工、上色上蜡和使用时削尖都很方便。生产时，先把杉木锯成截面为75毫米见方的长条，烘干后切成5毫米×70毫米×185毫米的木条，经上色、上蜡后送到铅笔厂。

现在有的铅笔的一端有一粒小橡皮，它与笔体用一个金属箍相连接。这种铅笔是日本的两个小朋友发明的。他们将这一发明写信告诉一家铅笔厂。该厂立即采纳并生产出这种铅笔，还向他们颁发了奖金。也有人说橡皮头铅笔是由美国画家利普曼发明的。为了节约木材和削铅笔的时间，日本人早川德次于1915年发明了活动铅笔。为了满足不同的需要，人们还加入一定的颜料制成各种颜色的"铅笔"。还将铅笔按硬度分为13个等级，截面形状也有圆、椭圆、正六边形等之分。

椴木是制铅笔的主要木材品种，在中国主产东北，占森林总木材量的2%。现在已有用报纸代木的"环保铅笔"上市，各方面质量已与木质铅笔相当。

一支并不复杂的铅笔，如果从1564年它"出生"算起，到1812年"长大成人"，就约250年之久。每一个小小的进步都来之不易，而这则来自人类的集体智慧和长期努力。

# 飞机失事之后的发明
## ——拉链这样得以流行

技术发明和科学发现永远属于勤奋、细心观察和爱动脑筋的智者。美国工程师霍埃就是这样一位智者。

狗的牙齿也许绝大多数人都见过，但霍埃却从人们熟视无睹的狗齿得到偶然的启示。

1883年的一天，霍埃津津有味地细心观察一头家犬的牙齿排列，突然，他从那"犬牙交错"的结构中得到灵感而突发奇想：为什么不发明类似的一种东西，使两块衣料互相啮合来代替纽扣呢？

1891年的拉链

说干就干，霍埃随后动手设计，反复试验，终于研制出了世界上第一根拉链。由于它看上去并不那么显眼，加上它当时的性能较差，还比不上现在我们所使用的、性能很好的实用拉链，所以在1893年芝加哥城主办的哥伦比亚世界博览会上展出的时候，没有得到青睐，展台也成了"被遗忘的角落"。这是拉链被第二次被遗忘。

贾德森和他设计的拉链

1851年，实用、成熟的缝纫机的发明者——美国发明家埃利斯·豪（1819—1867）申请了一个类似拉链设计的专利，但没能实现商品化，这是拉链第一次被遗忘。不过，他发明的缝纫机并没有被遗忘：纪念他的"著名的美国发明家系列"邮票，在1940年10月

14 日发行；2004 年，埃利斯入选美国"国家发明家名人堂"。

纪念埃利斯·豪的邮票，
1940 年 10 月 14 日发行

不过，拉链在 1893 年得到了重要的改进：美国一家制鞋厂的一位名叫威特库姆·贾德森的工程师，发明了一种可视为现代拉链雏形的"可移动扣子"，并在同年 8 月 29 日获得专利（美国专利号 US504 038）。当然，他的研究工作始于 1891 年，而起因则是他在 1890 年带着礼物去接表姐下火车时，看见一位老太太不慎跌倒，随身携带的布袋被撑开，里面的东西撒了一地。他连忙放下自己的提包，去帮助老人，但他回头拿自己的包时，却发现买给表姐的礼物不见了——不知何时从包里掉了。这让他下定决心：一定要设计出能封闭严实、开合方便的装置。1902 年，曼威尔兄弟俩采用了贾德森的发明，并使用"扣必妥"的商标，在世界上第一次成批生产拉链。用户使用的结果表明，这种拉链有一些严重的缺点：有时拉不动，有时又突然自动崩开。这些缺点给用户带来的尴尬是可想而知的。从此拉链声誉扫地，无人问津，生产厂家也只好关门停业。

时至 1905 年，瑞典机电工程师奥托·弗雷德里克·吉迪昂·森德巴克（1880—1954）来到美国，和曾经与贾德森合作研究拉链的沃尔特上校——一位负责士兵服装供应的军需官联手，进行拉链的改进

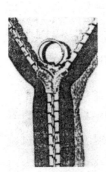

1896 年的拉链

试验。7 年之后的 1912 年，他们生产出了一些改进后的拉链样品，这种拉链是在原有拉链的销牙后面安装了一系列凸起的花蕾状的咬齿，使销牙能够咬合得更加牢靠而更不容易脱开。显然，这更接近于现代拉链。他准备推广和生产。如果拉链得以流行，扣子商人们的利益就会受到巨大的损害，于是，扣子商人们联合反对，加之从前拉链有过不好的名声，所以这种改进后的拉链在市场上仍未流行。

正在这个时候，欧洲发生了一件震惊世界的空难：在巴黎的协和广场，一位技术高超的飞行员驾驶着当时最先进的飞机，在众目睽睽下做飞行表演，却突然一个筋斗从空中栽了下来，结果机毁人亡。经过专家调查，这次空难是因飞行员上衣的一枚扣子掉下来，正好滚到机器里去引起机器失灵的结果。

森德巴克和他设计的拉链

鉴于这次惨剧，法国国防部立刻命令，今后所有的飞行员服装上不许有扣子。随后许多欧洲国家和美国也竞相仿效，做了类似规定。不用扣子又用什么呢？人们自然想到了争论不休、毁誉参半的拉链。

正是这次偶然的空难，使拉链一下子"起死回生"。森德巴克赶紧与军事部门联系，以优价缝制飞行员服装。不久，订货扩大到海军。就这样，拉链得到广泛宣传。由于当时飞行员是人们崇拜的偶像，所以许多人就仿效飞行员穿起有拉链的制服。此外，沃尔特也认为它小巧玲珑，美观大方实用，具有纽扣所没有的许多优点。1914年（1913年发明），森德巴克把改进过的"无钩式二号"拉链安装在海军水兵服装的胸袋上，也大受欢迎。

从此以后，拉链越来越受欢迎，并得到广泛流传。例如，英国的一些服装设计师们在服装上配以亮晶晶的拉链作装饰，收到了理

1939年流行的拉链夹克

想的效果。20世纪50年代末，美国影星马龙·白兰度（1924—2004）自己设计的"拉链摩托装"——一种拉链夹克，穿上之后会显得精悍英武，更具阳刚之气，引得许多年轻男士竞相仿效。20世纪70年代后期，法国服装设计师皮尔·卡丹（1922—）也用拉链设计出了众多新服装。

拉链（zipper）这个现代名称的由来，有三种说法。一说是，由古德里奇公司（一家著名的橡胶用品制造商）的创立者——本杰明·富兰克林·古德里奇（1841—1888）注册商标时首创，1923 年问世。

古德里奇公司为生产的套鞋和运动鞋注册的商标：右下角有"Zipper"（拉链）字样

二说是，由美国固定公司在 1924 年取的——根据它开合的时候发出的摩擦声。三说是，小说家弗朗科于 1926 年在推广拉链的一次工商午餐会上说："一拉，它就开了！再一拉，它就关了！"于是，在 1928 年它就有了现在的名称。

关于拉链，还有许多奇闻轶事。美国纽约州一家杂货店主人安格尔·沙坦纳因穿着装了拉链的裤子而大难不死。那是在 1990（一说 1991）年 1 月的一天，3 名歹徒抢劫了他的店铺，其中一个凶残的歹徒还向沙坦纳的下腹开了一枪，但幸运的是，这颗子弹正好打在拉链上，他因此幸免于难。

被载入《吉尼斯世界纪录大全》一书中的一根拉链，长 632 米，有尼龙牙 119 007 个。这条超级拉链派有特殊的用场——瑞士门德里索 RIRI 公司用它来密封水中的电缆套。

美国著名的《科学世界》杂志在 1986 年评选出的 20 世纪对人类生活影响最大的 10 项发明，其中拉链就名列榜首。

日本的吉田兴业会社是"拉链王国"—— 一年生产的拉链，长度可以在地球和月球之间拉 4 个来回，产量约占全世界的 1/3。

现代拉链

一枚未钉牢的扣子可以决定一个人及一架飞机乃至一场表演的命运，而这又决定了一个好的产品——拉链是否能够流传。从这似乎天方夜谭的神话般的史实中，我们应悟出点什么呢？

# "有机界的骡子"
## ——莱尼兹尔发现液晶

弗利德里希·理查德·莱尼兹尔（1857—1927）是一位出生在布拉格（今属捷克）的奥地利植物生理学家、化学家。在 19 世纪下半叶，他曾合成过一种有机晶体——安息香酸酯。

1888—1901 年，莱尼兹尔在位于今布拉格的卡尔费迪南大学（Karl-Ferdinands-Universität）工作。1888 年 3 月的一天，他在制备胆固醇酯的时候，对安息香酸酯晶体进行加热实验。

莱尼兹尔

当加热到大约 145.5 ℃的时候，晶体熔化为液体。正在这时，他惊奇地偶然发现，这种液体竟是浑浊的——不像通常纯净物熔化为液体那样透明。他觉得非常奇怪，就继续对液体加热，要探个究竟，看还会发生什么现象。当加热到大约 178.5 ℃的时候，更奇怪的现象发生了——液体似乎再次被熔化，变成清澈透明的液体。一种晶体有两个熔点，这种现象，叫晶体的"双熔点（现象）"。

此外，莱尼兹尔还观察到了在这两个熔点之间，有更为重要的双折射现象和相应的颜色变化——如呈现彩虹色。他无法确定是什么原因引起了这些现象，就向他在维也纳时的同行——当时在布拉格大学（Universität in Prag）

泽法洛维奇

工作的著名晶体学家维克多·利奥波德·里特·冯·泽法洛维奇（1830—1890）求教。泽法洛维奇对这个发现也非常惊讶，就建议他写信和研究相变的权威——德国物理学家奥托·雷曼（1855—1922）联系。

雷曼

莱尼兹尔在 1888 年 3 月 14 日给雷曼的请教信中，寄去了两个材料的样品。雷曼重复了莱尼兹尔的实验，确认了莱尼采兹的结论：材料在 145.5 ℃变成混浊液体，在 178.5 ℃变得清澈透明；降温的时候，材料先变蓝色，然后混浊，继续降温，变紫色，最后变成白色固体。"你的结果是正确的，"他给莱尼兹尔回了信，"晶体那么柔软，几乎能把它叫作液体，这对于物理学家来说，是极其有趣的。"同年 4 月 24 日，他俩的交流结束——虽然还有许多悬而未决的问题。同年 5 月 3 日，在维也纳化学学会的会议上，莱尼兹尔也向雷曼和泽法洛维奇介绍了他的研究。之后，雷曼则全身心地继续探索。

1889 年，雷曼把这种处于"中间地带"的浑浊液体，取名"液晶"（liquid crystals）。它好比既不是马，又不像驴的骡子——有的人称它是"有机界的骡子"或"两栖动物"。液晶的"熔点"，不是通常物质那样只有一个"点"，而是有一个较宽的温度范围——从固体到液体之间，存在着一个相当明显的过渡相态。它既像液体具有滑动性、流动性和连续性，分子又保持着固态晶体特有的规则排列方式，具有双折射、光学各向异性等晶体的物理性质。可见其结构必定介于液体和晶体之间，所以也称为"介晶态"。不久，雷曼还向学术杂志投寄了一篇题为《论液晶》（*About*

固体　　　液晶　　　液体

固体、液晶和液体分子排列的比较

223

*Liquid Crystal*）的论文。

1890 年，德国化学家鲁德维格·盖特曼（1860—1920）合成了一些新的氧化偶氮苯化合物，发现它们具有双熔点现象。这是第一次得到已知结构的液晶，其流动性要比莱尼兹尔得到的胆固醇结构的要大得多。

盖特曼　　　　　弗里德尔

雷曼对此非常兴奋，称它们为结晶流体。19 世纪 90 年代，盖特曼和雷曼不断发表文章介绍他们的新发现。尽管直到 1922 年法国矿物学家、晶体学家乔治·弗里德尔（1865—1933）才提出这类物质及其分类和命名规则，但在雷曼的论文中使用的许多名词术语，却一直沿用到现在的液晶学中。

现在，莱尼兹尔与雷曼的上述两封历史性信件，被看作液晶研究的转折点——这是物理学家和植物学家之间的讨论和交流，是研究液晶的真正开始。因此，他俩都被"幸运地"誉为"液晶之父"或"液晶科学之父"。

为什么说"幸运地"呢？原来，在莱尼兹尔发现安息香酸酯晶体有双熔点之前 38 年的 1850 年，德国结构化学家威廉·海因里希·海因茨（1817—1880），就发现硬脂酸甘油酯有两个熔点。他和当时的其他科学家都没能给出正确的解释。4 年后的 1854 年，普鲁士人类

菲尔绍

学家、医生、病理学家、作家、编辑和政治家鲁道夫·鲁德维格·卡尔·菲尔绍（1821—1902）等人，就发现神经纤维的萃取物中含有一种不寻常的物质髓磷脂（后来才认识到那就是一种液晶），然而都没有刨根究底。于是，这位被同行誉为"医学教皇"，论著与荣誉无数的"现代病理学之父""社会医学之父"，今天却鲜为人

知——除了南极洲的一座山以其名字命名，让他名垂青史，他的其他众多成就已鲜为人知……

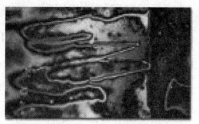
显微镜下的液晶分子

尽管发现了越来越多的液晶，且有的液晶材料的结构也完全清楚，但是物质具有液晶态的新发现，却遭到了许多人，包括一些重量级科学家的非议。这些反对者多年拒绝接受雷曼的新观念，引入众多五花八门的理论来解释观察到的现象。例如，他们认为所谓液晶只是物质两种不同的状态混合在一起，或者是两种不同的化合物混在一起的乳状液体——像牛奶一样，是水和脂肪等混杂在一起，并不是一种化合物的不同状态。当时的固体化学终极权威（一生发表论文 500 余篇）——德国物理化学家、金属学和冶金学奠基人之一的塔曼，直到 20 世纪 20 年代还拒绝接受"液晶是一个新相"的说法。对雷曼而言，他的新观念遭到令人尊敬的科学家——塔曼的反对，实在是个不小的打击。

对新理论、新观念的怀疑、否认，有利于人们从鱼龙混杂的资料中去伪存真，去粗取精。有些新发现表面上充满智慧，但经不起"穷追猛打"。健康的争论，有时可能非常激烈，但却有利于摒弃错误，找到真理。

找到真理的这一天终于来临——化学家伏兰德（D. Vorlander）在 20 世纪初证明了雷曼关于液晶的理论。

赫尔梅尔

德热纳

液晶被证实以后 60 多年内，人们还不知道它有什么实际用途。直到 1968 年美国电子工程师乔治·哈利·赫尔梅尔（1936—2014）发明了液晶显示装置（1971 年一家瑞士公司实际制造出了第一台液晶显示器）之后，才开始在电子工业中大显神通。他也因为这一电子电工史上里程碑式的发明，进入美国"国家发明家名人堂"。

当液晶显示器已经很成熟时，在巴黎南部大学（Université Paris-Sud）工作的皮埃尔·吉勒·德·德热纳（1932—2007），因为"发现用于研究简单系统中的有序现象而创造的方法能推广到更

电脑的液晶显示屏

复杂的物质形式，特别是推广到液晶和聚合物"，独享 1991 年诺贝尔物理学奖。

为什么液晶能在电子工业中大显神通呢？这是由于它的光学的透射率、反射率和颜色等性能，对外界力、热、声、光、电、磁和气等的变化反应十分灵敏，因而可做成低电压（3~30 伏）小功耗（如电子表仅耗电 1~100 微瓦，一般 1 平方厘米的显示器功耗仅约 1 毫瓦）的液晶显示器（LCD）的缘故。

目前，LCD 已广泛用于电子表、电子计算器、微电脑、电子游戏机、手机和电视机等电器中，作显示数字和图像的器件。

那为什么 LCD 会显示出数字和图像呢？这要从液晶的光学性能谈起。在电场作用下，液晶光学性能的变化统称电光效应。液晶具有诸如畴的形成、动态散射、静态散射、光电贮存、电控双折射和扭曲效应等各种电光效应。当然，广泛应用的是动态散射效应。

什么是动态散射效应呢？简单地说，在正常的情况下，液晶的分子排列得很有秩序——晶体的特点之一，是清澈透明的，所以看不到数字和图形；但是，在加上直流电场之后，分子的排列就被打乱了，这就使得一部分液晶变得不透明而且颜色变深，因而显示出数字和图像——这就是动态散射效应。

LCD 有很多优点。例如，用它制成的电视机耗电极省、重量轻、体积小、厚度特别薄，被称为壁挂电视机——可像图画一样挂在

墙上。

不过，这种电视机也有一些缺点：液晶的厚度太薄，仅（6~10）微米 ±1 微米——对基板要求很高，难以做成太大的尺寸；视角不够宽——这使不同位置的观看效果大不一样；响应时间较长——难以跟上高速显示的要求。

液晶电视

为克服这些缺点，从 1996 年起又迅速发展了等离子体显示板即 PDP 显示技术。PDP 彩电克服了 LCD 彩电的前述缺点，也克服了现在绝大多数家庭使用的 CRT（阴极射线显像管）彩电耗电多和笨重等缺点，视角达到 160°，可还原 1 670 种颜色，成像质量和色饱和度也超过 LCD 和 CRT 彩电，不受磁场干扰，也不产生干扰其他仪器的磁场。此外，日本索尼和荷兰飞利浦公司，还合作研制一种被称为等离子和液晶的中间产品——"等离子体地址液晶"，有不亚于 PDP 的效果。

根据液晶会变色的特点，人们还用它来指示温度和报警毒气等。例如，液晶能随着温度变化，就可用它指示出某个过程（例如实验过程）中的温度。一种液晶颜色变化的规律是，温度每升高 1 ℃，它就会按红橙黄绿蓝靛紫的顺序依次变化颜色；而温度降低的时候，又会按相反顺序变色。遇到诸如氯化氢、氢氰酸等有毒气体分子时，液晶也会变色。在化工厂里，人们把液晶片挂在墙上，一旦有微量毒气逸出，通过液晶变色，进行自动报警，提醒人们赶紧去查漏、堵漏有毒气体。

液晶的正交偏光显微照片

液晶还与生物密切相关。人的脑、肌肉、神经髓梢、眼睛内光感受器的膜层等处都发现有液晶。人体的衰老，部分疾病、癌变，也与细胞膜的液晶态变化有关。揭示其奥秘将有利于身体健康、长寿。

在医学上，可用前述随温度灵敏变色的液晶涂在病人皮肤上检查肿瘤——肿瘤与正常皮肤的温度不一样，液晶会呈现不同的颜色。显然，此法也可以检查电路中的短路点——短路点的电流更大而温度更高。

已经发现或人工合成的液晶材料有 5 000 多种——例如莱尼兹尔当初发现的"热致液晶"（thermotropic liquid crystal），它们都是有机物质，例如一些芳香族的有机物等。

根据分子的排列情况不同，液晶分为近晶相结构（近晶型）、向列相结构（向列型）、胆甾相结构（胆甾型）。目前在显示技术中应用得最多的是向列型液晶。

液晶有一定的使用温度，例如中国 LCD 使用的环境温度为 –20~+55 ℃。

用液晶显示器的时候，除了要避免紫外线照射和使用温度不宜过高，还应避免接触有机溶剂，注意防潮和划伤等。要用深色纸密封，置于低温低湿的环境之中贮存。

盘形液晶分子